El lunes
nos
querrán

Najat
El Hachmi

El lunes nos querrán

Najat El Hachmi

Premio Nadal de Novela 2021

Ediciones Destino
Colección Áncora y Delfín
Volumen 1525

© Najat El Hachmi, 2021

Premio Nadal de Novela 2021

© Editorial Planeta, S. A. (2021)
Ediciones Destino es un sello de Editorial Planeta, S. A.
Diagonal, 662-664. 08034 Barcelona
www.edestino.es
www.planetadelibros.com

Primera edición: febrero de 2021

Proyecto realizado con la Beca Leonardo a Investigadores y Creadores Culturales 2019
de la Fundación BBVA.

Fundación
BBVΛ

La Fundación BBVA no se responsabiliza de las opiniones, comentarios y contenidos incluidos
en el proyecto y/o los resultados obtenidos del mismo, los cuales son total y absoluta responsabilidad
de sus autores.

ISBN: 978-84-233-5877-9
Depósito legal: B. 200-2021
Preimpresión: Realización Planeta
Impreso por CPI (Barcelona)
Impreso en España - *Printed in Spain*

*A las valientes que se salieron del camino recto
para ser libres. Aunque doliera.*

Lunes, lunes, lunes...

El lunes seremos otras. El lunes nos querrán.

No pararemos. Correremos por caminos de polvo y fango, saltaremos hasta tocar el techo de nuestras habitaciones, venceremos el hambre que atenaza nuestros vientres, dominaremos nuestros instintos más primarios. Seremos fuertes: nuestra voluntad será de hierro.

El lunes empezaremos una nueva vida, seremos como tenemos que ser y no como somos. Nos adaptaremos a la forma adecuada, meteremos a la fuerza nuestras carnes dentro del molde correcto, tiraremos a la basura lo que sobre y así tendremos éxito, un éxito seguro y definitivo. Obedeceremos a pies juntillas todas las normas, nos comportaremos como es debido y haremos todos los deberes: los que nos han impuesto y los que nos hemos inventado nosotras mismas para ser incluso mejores de lo que nos piden.

El lunes estaremos más delgadas, seremos más esbeltas, más trabajadoras, más buenas chicas. Dejaremos de dudar, de perder el tiempo, de estar tristes, de tener miedo o pereza, de estar cansadas, de ser inconstantes y cambiantes. A partir del lunes, sin falta, lo haremos todo: ponernos a dieta, practicar ejercicio, tener la casa como los chorros del oro, aprovechar todo el tiempo, lograr que los niños vayan bien vestidos, estén bien alimentados y duerman las horas que tienen que dormir. Nos formaremos y vestiremos para conseguir los mejores trabajos y los mejores maridos. Nos arreglaremos y así dejaremos de parecer estropeadas. Estaremos de buen humor y jugaremos con los niños para que nos vean la felicidad reflejada en el rostro, y así el día de mañana ellos también serán felices. Tan felices como nosotras. Estudiaremos, nos esforzaremos, avanzaremos y alcanzaremos todos los objetivos que hasta ahora parecían imposibles.

El lunes encajaremos en todos los moldes que nos proponen. Los haremos compatibles aunque parezcan contradictorios. Así somos nosotras: flexibles y adaptables. Dejaremos de pelear, dejaremos de rebelarnos. Seremos como hay que ser, como Dios manda o como mandan el cine y la televisión, las canciones de amor y las revistas de moda, los libros feministas y los manuales de autoayuda. Y así... así nos querrán.

¿Cuántos años pasamos con el redoble de ese régimen marcial repicando en nuestras cabezas? ¿Cómo empezaron nuestros anhelos de perfección, la sumisión expresa a todos los dictados? No sé cómo funcionabas tú entonces, pero no había más que ver tu incesante actividad para saber que también vivías a toque de silbato, el silbato del «tengo que hacer más, tengo que ser más». Lo que tampoco sé, porque nunca hablamos del tema, es si tu martilleo tenía la forma de un discurso interno que te azotaba en todo momento o si ya se te había metido en el cuerpo. En mi caso, ¡el lunes!, ¡lunes!, el anhelo de empezar un tiempo nuevo en el que mi fuerza de voluntad haría posible una nueva vida al iniciar una nueva semana, era desde hacía mucho un mecanismo incrustado en lo más hondo de mis pensamientos, una señal de alerta cuando la cabeza se me iba hacia terrenos peligrosos de los que, si no estaba atenta, no podía volver a salir. Como arenas movedizas. ¡El lunes!, ¡lunes! había empezado mucho antes de conocernos, cuando tenía unos doce años y mi cuerpo y las consecuencias de su transformación empezaron a inundarme de una sensación permanente de falta de control y desasosiego. Fue entonces cuando empecé el ritual de redactar listas, listas y más listas de todo lo que tenía que ver con la vida y su impulso amenazante. Cuando las fantasías, especialmente si eran sexuales, me asaltaban de repente, yo intentaba pararlas como fuera, me esforzaba en hacerlas desaparecer. Entonces, para volver a la realidad, para ahuyentar una imaginación excitada, me ponía a confeccionar listas de todo lo que haría a partir del lunes: *plannings*, horarios, menús de dieta, número de series de abdominales, tiempo de estudio, de ejercicio, de dormir, de respirar. Todo para ser más organizada, más ordenada, más buena. Todo para dejar atrás la angustia que me causaba el enredo de caminos prohibidos que se cruzaban en mí, en mi cuerpo. Sí, de eso se trataba: el lunes volvería a ser la buena chica que fui, sin el latido constante que serpenteaba en mis carnes, sin deseo, y así, solamente así, podría ser aceptada, querida. ¿Tú también empezaste así o no te dieron tiempo a tener miedo a desbocarte como un caballo salvaje? ¿También tú sentiste que ya no eras digna de ser amada porque te habías convertido en un cuerpo peligroso que se estremecía bajo la mirada de los hombres que te repasaban de arriba abajo? Puede que todo esto lo vivieras de una forma más natural. Tus padres y los míos, aunque provenían del mismo pueblo árido y agreste al otro lado del Estrecho, tenían mentalidades distintas.

Pero lo que nos pasaba iba más allá de nuestras familias cercanas, nosotras éramos una nueva especie de hembras, nacidas y criadas en países que tenían la exótica costumbre de dejar que las mujeres adultas hicieran lo que les diera la gana, a diferencia de lo que pasaba en el país de nuestros padres. Fingíamos no darnos cuenta, pero sobre nosotras pesaba una sospecha constante: si no nos ataban corto, no habría forma de enderezarnos y devolvernos al camino recto. Por eso el redoble constante se nos metió tan adentro.

¡Lunes, lunes, lunes! Pero las cuerdas que nos querían sujetar eran muchas y variadas, y algunas tiraban en direcciones opuestas: nuestras familias, los vecinos, los jefes en los trabajos, las revistas de moda, las tiendas de ropa en la que nunca cabíamos. Unos nos querían con el pelo muy rizado, para encajar dentro del molde del exotismo que tanto los fascinaba: he aquí *la otra*, *¡las otras!* También estaba quien nos pedía largas cabelleras, lisas y negras como la noche, ideales de belleza de poetas antiguos que habían llegado hasta el pueblo remoto de nuestros padres. Eso sí, el pelo siempre recogido en moños que se enrollaban sobre sí mismos o en largas trenzas. A unos les gustábamos con la piel oscura, los otros nos preferían blancas. Unos querían que nos alejáramos del exceso corporal de nuestras madres, otros que fuéramos tan gordas como pudiéramos. La cuestión era ser como era debido, no como éramos. ¿Te imaginas que entonces hubiéramos descubierto las trampas y sin dudarlo ni un instante nos hubiéramos plantado gritando un no rotundo? ¡No! ¡No! ¡No! ¿Te imaginas que hubiéramos defendido lo que éramos? ¿Que de nuestras gargantas hubiera salido: así soy y así seré? Válida tal cual soy, validada por mí misma y por mi amor propio. ¿Te imaginas que pudiéramos volver atrás para disfrutar de nuestra juventud sin las mil trabas que nos impusieron y las otras mil que nos inventamos nosotras mismas? Pero era demasiado pronto para verlo, íbamos a necesitar una vida entera, muchas decepciones, muchas penalidades, trabajos y días, caer y volver a levantarnos mil veces. Y que los corsés que nos oprimían casi nos mataran para que finalmente decidiéramos rasgarlos y así recuperar un enorme aliento de vida.

No sé cómo funcionaba dentro de ti la telaraña de acero que nos pedía mutilarnos continuamente, pero hoy por hoy estoy convencida de que para ti tuvo consecuencias devastadoras. Tú lo encajabas todo de otra forma. Yo admiraba tu entereza, tu constancia, la capacidad impresionante que tenías de levantarte una y otra vez después de cada zancadilla. Y lo valiente que eras, la facilidad con la que tomabas decisiones arriesgadas que para mí suponían treinta mil dudas y otras tantas noches de insomnio. Tú no, tú lo resolvías todo como si nada. Durante años, lo que más me fascinó de ti era que fueras todo lo que yo había querido ser: no dudabas, eras eficaz y las cosas a las que yo daba vueltas y más vueltas tú las solucionabas en un santiamén. Eficiente, pragmática, con la risa siempre a punto y una vitalidad deslumbrante, todo lo opuesto a las sombras que a mí me nublaban tan a menudo. Puede que por eso mismo, por la alegría que me transmitiste siempre, no fuese capaz de ver tu dolor subterráneo. Apareciste de repente en mi vida encarnando la imagen de todo lo que yo quería ser y no era.

No sé si tengo derecho a hablar de ti pero necesito hacerlo. Fuiste alguien muy importante para mí durante un tiempo decisivo. Sin ti, estoy segura, mi vida hubiera sido muy distinta. Pude crecer cogiéndome de tu mano, fuiste un asidero indispensable sin el que estoy convencida de que no hubiera sobrevivido. Podría escuchar tu voz ahora mismo, diciéndome exagerada, anda que no te gusta ponerle drama a todo. Pero es cierto, contar contigo me salvó de la más absoluta desesperación. Y de la locura.

No digo tu nombre y cambio muchos de tus rasgos para que nuestros conocidos no puedan identificarte, pero aun así no sé si puedo escribir sobre los años en los que nos hicimos compañía, los años en los que fuimos la una para la otra, que nos tuvimos como único asidero. Hay razones de peso que me llevan a escribir sobre nosotras: entonces no lo sabíamos, pero estábamos conquistando territorios nuevos —impensables para nuestras madres—, estábamos rasgando todos los velos, escarbando agujeros con endebles cucharitas en murallas impenetrables, y ni siquiera nos dábamos cuenta. No hacíamos más que lo que teníamos que hacer, pero cada pequeña hendidura que realizaba esa cucharita suponía una libertad que conquistábamos milímetro a milímetro. Lo que no supimos ver es que aquella nueva libertad que íbamos ganando estaba cruzada por una infinidad de hilos invisibles que querían condicionarla. Nos aferramos a los hilos porque a algo nos teníamos que agarrar mientras salíamos del mundo que nos había tocado en suerte y porque no se puede emprender más de una revolución a la vez. No nos dimos cuenta de que, poco a poco, nos íbamos enredando en ellos, de que nos volvían a amordazar. Hasta que empezamos a notar que se ceñían sobre nosotras hasta cortarnos la carne, y entonces nos daban ganas de dejarlo todo, de rendirnos, porque parecía imposible lograr un espacio de libertad auténtico, ni que pudiéramos conquistarlo con nuestras propias manos. O nos enredábamos con más y más trampas para no escuchar una duda espantosa: ¿y si no existía la libertad y no habíamos hecho otra cosa que escapar de un mundo opresivo para llegar a otro con nuevas formas de dominación? ¿Y si todos nuestros esfuerzos eran en vano? Desheredadas de todo y exiliadas de todas partes, fugitivas de barrio, no hemos tenido en nuestras manos más que la capacidad de esforzarnos, pero a partir de cierto momento nos asaltaron todas las dudas: ¿y si esforzarnos no servía para irnos lejos, para ser otras, las que nosotras habíamos decidido ser?, ¿y si no podíamos vivir como queríamos porque no éramos capaces de mantenernos con lo único que teníamos, que no era sino la fuerza de nuestros cuerpos y el redoble incesante que nos mandaba ser más, hacer más?

No sé si puedo contar nuestra historia de pequeñas grandes conquistas, la de nuestra juventud en la más absoluta incertidumbre. No lo haría, no hablaría de nosotras, si no fuera porque ahora me voy encontrando con chicas en todas partes que son como nosotras, chicas que me cuentan sus vidas que resultan dolorosamente parecidas a las nuestras. Mujeres que oyen el redoble de tambor y quieren escapar de la trinchera, de barrios como el nuestro, casas como las nuestras, familias y normas e infinidad de barreras idénticas a las que nos atenazaron a nosotras. Cuando me hablan y me veo reflejada en sus experiencias pienso que sí, que hay que contar lo que vivimos: por nosotras, por nuestras heridas —las abiertas y las cicatrizadas—, pero sobre todo por ellas, porque tienen derecho a recibir, si así lo desean, el legado de nuestra memoria. Aunque sea una memoria pequeña de vidas de lo más convencionales. No fuimos heroínas ni pretendíamos serlo, solamente queríamos sobrevivir y ¡ser, ser, ser! Aunque el lunes, lunes, lunes, intentáramos de nuevo convertirnos en quienes no éramos. Porque deseábamos ser nosotras mismas pero también que nos quisieran. Y a ciertas edades y en ciertas circunstancias a lo mejor no hay más opción que la de ser una misma de un modo controlado, metidas en moldes que nos contengan.

Esta es la historia de nuestros intentos fracasados de ser libres adaptándonos al entorno y de la huida definitiva cuando fuimos conscientes de la imposibilidad de conciliarlo todo. Y es el relato del vértigo que nos provocó la auténtica emancipación. También el de la soledad más absoluta y el desarraigo más descarnado.

Hoy, pasado el tiempo, necesito hablarte como te hablaba entonces, recuperar, aunque sea en folios en blanco, tu escucha atenta y receptiva para intentar comprender esos años de convulsiones cotidianas, la historia de nuestros cuerpos atrapados en conflictos que nos sobrepasaban, conflictos de orden geográfico y temporal que nos resultaban imposibles de vislumbrar entonces. La geopolítica, las ideas de los grandes filósofos y las fricciones internacionales se encontraban en las carnes de unas mujeres insignificantes como nosotras en un barrio sin nombre que ni siquiera aparece en los mapas. Te escribo para recuperarte pero también para recuperar a la persona que fui.

Primera parte

I

Íbamos en manga corta el día que nos conocimos. Aún no estaba mal visto que las chicas jóvenes enseñáramos los brazos en ese barrio en la periferia de la periferia de Barcelona, pero que podría ser la periferia de la periferia de cualquier otra ciudad. Ya no hay rayos de sol que rocen la piel de las chicas, el fino vello de los brazos ya no se aclara en verano ni salpica el agua sus espaldas desnudas. Y no es porque se haya instalado sobre nuestras cabezas un nubarrón permanente, sino porque el oscurantismo ha penetrado en las mentes de los vecinos sin encontrar resistencia. Muchas de las jóvenes tapadas que ahora verías en nuestro barrio (son mucho más numerosas que cuando tu familia se mudó allí) dicen que renuncian al sol y a la brisa, al agua del mar y las piscinas, al amor y al sexo libres por convencimiento y voluntad propia. Discuto a veces con ellas cuando visito a mi madre —ella sigue viviendo allí—, pero lo hago como si mi yo de ahora hablara con mi yo de entonces, de unos diecisiete años. Nosotras también lo hicimos, ya lo sabes, renunciamos expresamente a ciertas cosas, y también creímos hacerlo voluntariamente.

El caso es que cuando nos conocimos íbamos en manga corta. Tú no lo sabías entonces, pero yo en esa época salía al mundo exterior con el cuerpo encogido sobre sí mismo, como ocultándome de las miradas de toda la gente con la que me iba encontrando. Daba igual quiénes fueran, yo siempre me encogía. Ese cuerpo era mío, pero me estorbaba hasta resultarme asfixiante porque no sabía muy bien cómo desprenderme de él. Al mirarte por primera vez vi un rostro deslumbrante, tu sonrisa se me contagió sin que yo pudiera oponer resistencia alguna, pero al fijar mis ojos en los tuyos no tardé en darme cuenta de que en lo más hondo, bajo el destello de simpatía, había una sombra que no podía interpretar. Mi cuerpo encogido y la sombra en tu mirada eran fruto de una misma herida, pero por aquel entonces ni tú ni yo lo sabíamos.

Cuando se hacía de noche en nuestro barrio vertical, las ventanas iluminadas de centenares de pisos minúsculos parecían ojos que nos observaran. Todos nuestros movimientos, nuestras conversaciones, gestos y acciones, todo era público y visible para los vecinos amontonados los unos encima de los otros, unos vecinos que dedicaban buena parte de su tiempo a controlar nuestras vidas. Me acuerdo mucho de Sam, que vivía en el piso de abajo y se partía de risa cuando alguien le contaba lo que habían dicho sobre ella. ¿Y crees que me importa? Vive y deja vivir, repetía, y puede que por eso mismo yo fuera tan a menudo a su casa y me sentara sobre su cama, una cama con un somier viejo que se hundía y nos hacía resbalar la una hacia la otra. Su dormitorio estaba lleno de cajas y bolsas que no se podían guardar en ningún otro sitio. No sé si sigue haciéndose llamar Sam y no Samira. ¿Te acuerdas de que se enfadaba cuando la llamábamos por su nombre real porque sonaba a buena chica, a chica anticuada de las que se casan con catorce años y tienen el primer hijo a los quince? No, ella quería que la llamáramos Sam porque era más moderno y encajaba mejor con la otra cosa que quería ser (aparte de moderna): negra. Nos daba la risa, pero estaba convencida de que lo conseguiría. Nosotras, las moras, no somos nada, nos decía, no salimos en videoclips ni en películas, no existimos. Solo aparecemos en la mierda de reportajes aburridos de La 2. Y a veces ni eso. Cuando salimos en televisión nos enfocan de lejos o de espaldas, en grupo y todas tapadas, como si fuéramos parte de una manada en medio de la sabana. No hacemos nada. Ni cantamos ni bailamos. Pero los negros sí, ellos son guais, tienen su música, sus series, son los protas, y la gente los admira, no los estudia.

Y es que había unas cuantas Samiras en nuestro barrio. A pesar de que las leyes de entonces prohibían el abandono escolar temprano y el matrimonio infantil. ¿O no eran infantiles esas uniones pactadas con un primo del pueblo que necesitaba los papeles? Todo por el bien común de la familia. Si las Samiras querían otra cosa, que se aguantaran, como se aguantaban los padres de las Samiras comiendo cada día patatas y tomates de lata, porque la comida fresca era demasiado cara y todos los meses debían mandar dinero a los parientes del otro lado del Estrecho. Todo formaba parte del mismo sacrificio: comer barato, vivir en pisos de techos bajos y cocinas de armarios de formica abombada, trabajar todas las horas que les ofrecieran y dar las hijas de catorce años en matrimonio al hijo mayor de un hermano que no podía cruzar la frontera de ningún otro modo. Cuando cumplían los quince, las Samiras ya empujaban el cochecito de su primer bebé y nadie les cantaba la canción: ¡tiene mi amoooor!

Es verdad que Sam tenía un rizo muy pequeño y crespo, y siempre le decían que era pelo de negra, pero no se parecía nada a ti. Era la chica con los labios más carnosos que he conocido nunca, con esa forma de corazón, llenos, como a punto de derramarse. Me imaginaba a los hombres recorriendo con un dedo aquellas protuberancias, deseando morderlas, pero cuando me venían este tipo de pensamientos volvía al lunes, lunes y a confeccionar listas mentales, listas y más listas para frenar la excitación. Aunque no siempre lo conseguía. Sí, cuando nos conocimos, aquel verano de finales de los años noventa, yo ya había llegado a esa fase. Obsesionada con un autocontrol imposible, convencida de que era la única forma de alcanzar todos mis objetivos: sacar las mejores notas, tener un cuerpo normal y no aquella confusión de carnes casi monstruosas, aprender inglés, ganar dinero, escribir una novela, leer todos los libros y salir del agujero en el que nos había tocado vivir para viajar y conocer algo más que nuestro barrio vertical de pisos de techo bajo.

A Sam la conocí en el colegio. Nunca le había interesado demasiado estudiar y al terminar la etapa obligatoria lo dejó. No me entra nada, tía; ella siempre me llamaba tía. Cuando nos presentó no tardó ni un segundo en decírtelo: es una empollona asquerosa. Mi madre siempre me lo dice: tendrías que ser más como la hija de Muh y no tan cabra loca. En el barrio me llamaban la hija de Muh y en el colegio empollona, algunos incluso mora empollona. Los chicos, también moros en su mayoría, me decían si me creía mejor que ellos, si por el hecho de ser empollona iba a dejar de ser mora. Una mora de mierda como nosotros, decían a veces. Claro que también había alumnos que eran cristianos. Los llamábamos así porque era lo que se decía en nuestras casas, el mundo se dividía entre moros y cristianos. Los cristianos me llamaban empollona o mora empollona dependiendo del día, de si había habido una pelea o no. Puede que fuera por todas esas fronteras invisibles entre los alumnos por lo que yo me sentía siempre más cómoda en compañía de un libro.

Sam me llamaba empollona con admiración, siempre me repetía que yo iba a llegar muy lejos. Nunca se habría imaginado que a pesar de mis buenos resultados académicos yo me sentía totalmente defectuosa. Que cuando sacaba un 9,75 me quedaba atrapada en el error fatal que suponía el 0,25, una tara imperdonable que demostraba que, al fin y al cabo, yo no era nada, no servía para nada y nunca llegaría a nada. Y que si los demás pensaban que era inteligente era porque tenía la habilidad de engañarlos a todos, de disimular mi condición de tonta sin remedio. Viví muchos años así, azotándome sin parar. Mi gran delito era ser mediocre y por eso merecía todo el dolor del mundo. Por eso me gustaba encontrarme con Sam y hablar con ella un rato, porque la suya era una juventud luminosa. Ella la disfrutaba sin la actitud malsana y retorcida con la que la vivía yo.

Yo leía mucho entonces, y tanto Sam como mi madre y todos en el barrio creían que lo hacía porque era muy estudiosa. Ya sabes que para nuestras familias los libros son eso: instrumentos al servicio de la preparación académica, símbolos de seriedad y buena conducta. Si mis padres hubieran podido leer algunas de las novelas que me excitaban en las noches de insomnio, seguro que me las habrían prohibido, del mismo modo que cambiaban de canal cuando en televisión estaban a punto de darse un beso. Pero como eran todos analfabetos confiaban en la corrección moral de lo escrito. Al fin y al cabo, nuestras vidas de musulmanes estaban vertebradas por el libro sagrado, ¿cómo iban a imaginar que un objeto parecido al noble Corán pudiera contener lo que ni siquiera se podía decir en voz alta? ¿Lo que no se podía ni pensar? Intentaba evitarlo porque después sentía una culpa insoportable, pero a menudo, cuando al leer un libro cualquiera me encontraba con párrafos en los que se describía la intimidad de algún encuentro amoroso o sexual, los leía una y otra vez hasta que no podía evitar la excitación y mi mano, como si fuera ajena a mi voluntad, descendía hasta la humedad de mi entrepierna. Contenía la respiración siempre y apenas me movía para no despertar a mi hermano pequeño, que dormía en la cama de debajo. Después, si llegaba la explosión de placer, lloraba. Siempre lloraba después de los orgasmos. Ni siquiera contigo pude hablar de esto. Ahora leo alguno de los párrafos que más me excitaron y descubro que eran de lo más inocentes, que en realidad poco decían y casi todo era fruto de mi imaginación inflada de fantasías.

También leía por miedo a la vida. Eso no lo sabíais ni mi familia, ni tú, ni Sam. Ella disfrutaba con todo, hablaba con naturalidad del mundo de los chicos, coqueteaba con ellos aunque luego no llegaran a nada, tenía fama de fácil por el solo hecho de reírse y porque vestía como quería, y sus padres dejaban que fuera así. No le daba miedo gustar. Yo admiraba y envidiaba su comportamiento extrovertido y espontáneo, que le importara una mierda su reputación o cosas intangibles como el honor de la familia. Al recordarla me viene a la cabeza la voz de Cyndi Lauper diciendo: *«Oh, girls just want to have fun»*. Era lo que nos tocaba entonces, era lo que se suponía que teníamos que hacer, pasarlo bien. Pero eso tan simple era toda una novedad: nunca antes se había dicho que a nuestra edad nos teníamos que divertir. Pero si nuestras madres nos habían parido poco después de salir de la infancia, ¿cómo podíamos saber lo que era ser adolescente si en el país de nuestros padres no existía tal cosa? ¿Cómo podíamos vivir despreocupadas y hacer como que éramos chicas normales al filo del milenio con todas esas ventanas iluminadas acechándonos?

Yo estaba convencida de que podía aprender lo que era la vida leyéndola en los libros: el amor, el sexo, la libertad. Lo que fuera. Pensaba que era lo mismo entender algo por escrito que en la práctica. ¿Qué diferencia podía haber? Tú, con tu espíritu pragmático y los pies en el suelo (creo que en nuestro barrio todo el mundo era mucho más pragmático que yo), me contestarías que vaya tontería, que una cosa es lo que puedes entender con la cabeza (y aquí te llevarías el índice a la sien con un gesto muy nuestro, muy de nuestras madres) y otra es vivir las cosas de verdad. Como una receta, me dirías, la lees y todo cuadra, pero luego te pones a hacerla y ¿qué pasa? Que hay cosas que salen bien y otras que no. ¿Por qué? Por mil razones. Nena (tú no me llamabas tía, me llamabas siempre nena), nena, los libros no lo dicen todo. Ni siquiera los de cocina. No te cuentan cosas que los cocineros saben y dan por hecho que todo el mundo conoce, o no te dicen el tipo de harina, si el horno es eléctrico o de gas, hay miles de cosas que no controlas leyendo la receta y que solo descubres cuando cocinas tú. La vida se vive, no se lee. Bueno, no sé si me habrías soltado una frase tan ampulosa. Eras profunda, más madura de lo que te tocaba por edad, pero te expresabas de un modo claro y accesible. Por eso después, cuando ya nos teníamos más confianza, cuando yo te hablaba y hablaba, me decías: para, nena, para, para, que no entiendo nada de lo que dices.

Lo que no supe explicarte entonces es que leer, sentirme parte de un mundo que nada tenía que ver con el nuestro, tan pequeño, ponerme en la piel de la protagonista de pequeñas y grandes aventuras, me permitía ensayar cómo vivir. Todo era un simulacro, es verdad, pero me sirvió de asidero al que agarrarme para no ahogarme bajo el peso de todas las normas que nos iban imponiendo.

Y era una forma de vivir sin el peligro de que la vida, la real, me desbordara. Al sumergirme en un libro abandonaba un poco el cuerpo, dejaba de resultar tan amenazante, aunque de vez en cuando despertara de repente de su letargo con esos párrafos que yo consideraba tan sexuales. Cuando nos conocimos no me di cuenta, centrada como estaba en mí misma, de que a vosotras también os pasaban cosas en el cuerpo que expresaban lo que no podíamos decir en voz alta. Ahora sé que era puro miedo al placer, al amor, al sexo, a la libertad, pero también al acoso, a las consecuencias devastadoras que podía tener el hecho de provocar el deseo en los hombres, un deseo amenazador sobre el que todas las madres nos advertían sin parar desde que éramos pequeñas. No andes sola, ni a oscuras, el lobo siempre está al acecho; y al convertirnos en mujeres, mujeres vírgenes aún, el peligro aumentaba de un modo exponencial. Pero todo esto lo comprendí muchos años más tarde.

Tú conocías a Sam de antes, vuestros padres eran vecinos en el pueblo al otro lado del Estrecho y ahora habían recuperado el contacto cuando vuestra familia se mudó al barrio vertical, unos pisos por encima del nuestro. Estábamos en medio de la plazoleta que formaban las tres torres cuando Sam nos presentó. Todas las ventanas observándonos, y tú y yo nos quedamos atrapadas de repente la una en la otra. Daría lo que fuera para volver a ese preciso instante, a la atracción repentina que sentí hacia ti, un impulso físico que escapaba a la voluntad o la razón. Con el sol calentándonos ligeramente la espalda, sentimos una goma elástica que tiraba de la una hacia la otra y desde entonces buscamos todas las excusas posibles para encontrarnos. Si coincidíamos por la calle, nos pasábamos horas hablando. Yo llegaba a casa y mi madre me hacía mil preguntas sobre dónde había estado. Podías verme desde la ventana, le respondía, estaba abajo con una amiga. Tienes suerte de que él no esté. Mi madre siempre decía *él* en vez de *tu padre*. A veces coincidíamos en la habitación apretujada de Sam, a veces nos parábamos en el rellano. No consigo recordar de qué hablábamos tanto rato de pie, aquella tirantez extraña, aquella confianza inmediata para contarte mis secretos que yo no había sentido con nadie. Aunque entonces me daba tanto miedo lo que pudieran decir de mí que intentaba no tener nada que ocultar, no hacer nada que pudiera considerarse una mala conducta. No por mi mala conciencia, sino para poder seguir disfrutando de los privilegios que me habían concedido: salir para ir al instituto o para hacer recados concretos, un margen de libertad inaudito para las mujeres como mi madre, que no salían de casa más que una vez por semana.

Tener secretos era demasiado arriesgado, y si los hubiera tenido no se los habría contado a nadie que viviera en el barrio. Los rumores, en esas tres torres de pisos, corrían como la pólvora, y las paredes parecían tener oídos. Por eso a mí me habían puesto el sobrenombre de la Mudita. Así era yo en el barrio, muy distinta de como me comportaba dentro de las aulas del instituto, donde hablaba y hablaba sin parar, en clase, en los pasillos, en el comedor lleno de humo. A mi instituto no iba ningún alumno que viviera en nuestro barrio, porque entonces la primaria se acababa a los catorce años y los pocos que seguían estudiando se apuntaban a formación profesional.

No recuerdo si nos dimos dos besos ni la conversación del primer día, te recuerdo sonriendo, con el pelo liso recogido en una cola de caballo, unos pómulos majestuosos y los ojos almendrados siempre pintados de negro. A las chicas solteras se nos prohibía pintarnos los ojos, el kohl era para las casadas, pero yo a ti siempre te he visto con esa mirada intensa, las cejas enmarcándola como en una miniatura persa. Eras, sin duda, la encarnación del ideal de belleza de nuestras madres: con la piel blanca y de carnes abundantes. Aunque tenías la cara llena de granos y parecías medio enterrada en ti misma. De cintura para arriba estabas delgada, con poco pecho y los hombros estrechos, pero de cintura para abajo te ensanchabas como si te hubieran plantado en otro cuerpo, más lento, más espeso, un cuerpo que parecía frenar tus posibilidades de alzar el vuelo. ¿Eso es lo que pensé ese mediodía ante el portal o es ahora cuando me parece que tus caderas y muslos desmesuradamente anchos y los granos en la cara eran mecanismos de defensa ante el mundo, del mismo modo que lo era mi forma permanente de encogerme sobre mí misma?

No lo sé, pero pronto correrían rumores en la escalera sobre tu vida, sobre lo que te había pasado antes de aterrizar en el barrio. Y de haber sido ciertos me habrían confirmado que la sombra en el fondo de tu mirada era una tristeza razonable, por muy risueña que te mostraras. Yo entonces, por principios, no me creía ninguno de los cotilleos que circulaban. Cuando mi madre me decía: ¿sabes que la hija de fulanita ha hecho tal cosa?, me encogía de hombros y le contestaba que yo no había visto nada y ella tampoco, y que por eso no podíamos sacar conclusiones y menos aún dedicarnos a juzgar a las demás (porque los rumores siempre eran sobre chicas o mujeres, ellos no eran materia de interés para la brigada de control social de las tres torres). Entonces mi madre se empecinaba en defender a la persona que le había confiado la información y, para demostrarme que no mentía, me decía que había jurado por Dios. ¿Quién se atrevería a usar el nombre del Señor en vano? ¿Quién crees que diría juro por el sagrado Corán si no fuera cierto? Yo volvía a encogerme de hombros, porque en la mayoría de los casos los rumores tenían que ver con hechos inocentes o normales para chicas de nuestra edad: que si una había hablado con aquel, que si había salido de noche, que si aceptaba trabajar sirviendo alcohol a los cristianos o limpiando culos a los viejos. Todo eran excusas para frenar nuestros pasos, por pequeños que fueran, y se nos juzgaba de forma implacable. La señora del sexto segunda, hermanastra de una prima lejana de mi padre, conocida por todos como la Parabólica, porque a la que le llegaba una exclusiva corría a la cabina de teléfono a gastarse el dinero para contarla a los del pueblo al otro lado del Estrecho, no tardó en visitar a mi madre para traerle noticias sobre tu familia. Le contó que, aunque vinieras del mismo pueblo que las respetables familias de nuestra raza (decían raza en castellano, no eran pocas las palabras que tomaban prestadas), sin duda la más noble de todas las razas, vosotros erais más relajados, del tipo de gente a quien le da todo igual. Por eso, cuando había reuniones en vuestra casa se mezclaban hombres y mujeres. ¿Te acuerdas del peso que tenía la expresión «todo les da igual»? Todo les da igual no quería decir que fuerais unos pasotas, no, lo que quería decir es que erais moralmente relajados, algo que creaba todo tipo de suspicacias. No sé de dónde sacó la Parabólica que vosotros erais de ese tipo de gente, pero cuando aún no habíais terminado la mudanza ya os habían colgado la etiqueta, y eso después complicaría nuestra amistad, vista muy pronto por mi padre como un peligro. Pero ya sabes que para él prácticamente todo constituía un peligro.

Yo hice siempre oídos sordos a todo lo que contaban sobre ti y tu familia. Me parecías de lejos la persona más transparente que había conocido. Y, al contrario de lo que hacían los demás, nunca te oí contar nada que no fuera sobre ti misma. Si sabías algo de las otras chicas, eras como un médico que guarda un secreto profesional.

A la Parabólica yo la desconcertaba mucho. Cuando venía a casa y se sentaba en la salita, se recogía un poco el vestido hasta que se le veían los pantalones de debajo, enganchaba dos dedos en el cinturón trenzado para colocárselo bien y me miraba repasándome de arriba abajo de un modo que me inquietaba. Entonces me soltaba: el otro día te vi pero tú ni caso, ni te diste cuenta. Tú siempre andas rápido y con la mirada fija en el suelo. Desde luego que no hay chica más ejemplar que tú. Y me lo decía como preguntándome: ¿qué escondes? Algo escondes, y tarde o temprano lo descubriré.

Yo entonces, ya te lo he dicho, estaba intentando controlar la vida haciendo listas y abdominales y leyendo todo lo que podía leer, no daba pie a rumor alguno, y si seguía en el instituto era por eso mismo, porque a mi padre no le habían llegado comentarios negativos sobre mi comportamiento. Pobre de mí. Si se entera del más mínimo desvío, me advertía a menudo mi madre, que le hacía de mensajera, se te acabarán todos los privilegios. Poco se imaginaba la Parabólica que pronto tendría material de sobra para dejarse un dineral en la cabina, hablando de mí y de ti y de las cosas que haríamos a escondidas.

Poco después de conocernos empezamos a salir a correr. Tú, Sam y yo. Qué gran novedad, qué comportamiento tan escandaloso que ocuparía las tertulias en las casas y provocaría encendidos debates: que un grupo de chicas como nosotras, con madres que no salían de casa más que por motivos concretos y tapándose antes de pisar el mundo exterior, que chicas solteras como nosotras en un barrio como el nuestro, tres torres alrededor de una plaza de cemento limitadas por el triángulo que formaban un río, la vía del tren y una carretera comarcal, nos pusiéramos a correr por los caminos sin asfaltar como cabras locas. ¿Dónde se ha visto? Pero esa sería solo una de las controversias que provocaríamos. Controversias por actos insignificantes. La cucharita escarbando en la enorme muralla tras la que estábamos encerradas. Es cierto que no éramos muy conscientes de lo que estábamos haciendo. No éramos más que unas chicas jóvenes que querían ponerse en forma y correr como las que salían en televisión.

II

Esperadme..., venga, tías, que no puedo más.

No llevábamos ni tres minutos corriendo a ritmo suave cuando Sam empezó a quejarse. Sentíamos el latido de nuestros corazones y la sangre acelerándose ligeramente, las carnes que se iban calentando. Acabábamos de empezar, pero ya refunfuñaba. Tú ibas delante, yo te seguía a poca distancia, casi a tu altura, y ella arrastraba los pies a varios metros. Trotábamos por caminos de polvo que en invierno se convertían en un fango pegajoso, un polvo nada campestre, con el polígono industrial a lo lejos. Nos habíamos alejado un poco de las tres torres. No habíamos tomado el camino que bajaba hasta la ciudad, el que se convertía en asfalto en el barrio de casitas con jardincito, aquellas casas de dos pisos que nos parecían el súmmum del lujo. No queríamos encontrarnos con los vecinos y por eso habíamos andado hasta cruzar la colina que quedaba a nuestra derecha y luego habíamos empezado a correr. Tú con determinación, yo sobreponiéndome al mareo continuo que entonces me nublaba a menudo el pensamiento y a la ligera sensación de ahogo que creía normal.

No podía creerme que estuviéramos en ese lugar, que hubiéramos salido a correr tomándonos una libertad que no sabíamos si nos estaba permitida. Nos pondríamos en forma, en la forma que tenían las actrices famosas de la televisión, aunque viviéramos en esos pisos de techo más bajo de lo normal porque los promotores inmobiliarios de hacía décadas habían decidido acortar cada planta para construir un piso más, hasta que los bloques alcanzaron esa altura abominable y dibujaron un *skyline* grotesco.

A ti, que habías crecido lejos de allí, ni se te había pasado por la cabeza que estuviéramos haciendo nada ilícito. Eras tan libre que ni se te había ocurrido que no pudieras salir a correr. Te importaban bien poco los chismorreos de los vecinos. O te hacías la sorda. Nos contaste que querías hacer ejercicio porque estando fuera habías engordado mucho. No nos dijiste lo que ese «fuera» significaba, así que deduje que aunque solo eras un par de años mayor que yo ya habías vivido sin tus padres. Sam metió baza y me contó la dieta estricta que seguías para volver a estar como antes de irte: comer tres manzanas al día. Y a mí se me iluminó la cara de admiración. No conocía a ninguna chica como nosotras que siguiera una dieta, y menos aún un régimen tan estricto. Las que hacían dieta eran otras chicas, más glamurosas, más ricas, menos moras que nosotras, más blancas. Otras chicas que se podían permitir esa soberanía sobre su propio cuerpo porque ya habían alcanzado la independencia que nosotras solo podíamos soñar. No compadecí tu estómago retorcido, ni pensé en la falta de nutrientes que comportaba el hecho de alimentarte de tres tristes piezas de fruta a lo largo de todo el día, no sentí pena por la soledad de tus mordiscos furtivos de pie en la cocina mientras el resto de la familia se reunía como siempre alrededor de un enorme plato de estofado para mojar el pan tierno que hacía tu madre. No, no me apiadé de tu sacrificio desmesurado y cruel, porque entonces yo también quería ser así. Tomé esas privaciones como prueba de tu fuerza de voluntad y te envidié.

No recuerdo muy bien lo que comía en aquella época, pero seguro que era mucho menos de lo recomendado por edad y actividad. Empezaba la semana dispuesta a ganarle la batalla a la comida, a vencer el vacío en el estómago, el vientre retorciéndose a mitad de clase mientras contemplaba la niebla gris y la voz monótona de los profesores me parecía un eco lejano. Por eso, todos los lunes por la tarde sufría intensos dolores de cabeza, unas punzadas como cuchillazos que me perforaban el cráneo, y ante los ojos se me aparecía una cortina negra que lo empañaba todo. Era el hambre, la maldita hambre que, aun habiéndola vencido en los actos, en el control sobre lo que me introducía en el cuerpo, se me rebelaba de ese modo tan fisiológico, tan primitivo. Entonces mi cuerpo no era otra cosa que un enemigo que abatir y que me ganaba cada lunes por la tarde. El dolor se volvía tan insoportable que debía correr a la cocina a engullir cualquier cosa. Cogía un paquete de Chambi, unas galletas crujientes rellenas de una crema untuosa cuyo dulzor se fundía sobre la lengua seguido de un rastro mantecoso. Notaba cómo me subía la sangre, me latían las carnes y se me aceleraba el corazón. El placer y la culpa se fundían igual que cuando, en la oscuridad de la noche, no podía evitar deslizar mi mano hasta la palpitación que retumbaba entre mis piernas.

Cuando el lunes por la tarde comía las galletas reservadas para los invitados (el Chambi lo guardábamos para las visitas), aunque fuera una o dos, de repente me sentía derrotada. ¿Por qué me había dejado vencer por un instinto tan primario como el hambre? ¿Por qué no podía ser como debía y continuaba transgrediendo las normas que yo misma me había impuesto? ¿Cómo hacían las modelos y las actrices de las series para ser mucho más disciplinadas que yo? ¿Cómo hacían todas esas chicas enfermas que aparecían entonces tan a menudo en televisión contando su anorexia? Las había que tenían una voluntad tan fuerte que conseguían morirse y yo entonces las envidiaba porque, una vez muertas, seguro que dejaban de sufrir, muerto mi cuerpo se acabarían todos esos problemas que me había traído al convertirse en ese amasijo de carnes desorganizadas.

No, yo no conseguiría ser como ellas. Por eso, cuando Sam me contó que no comías más que tres manzanas al día, me quedé fascinada por ti. Eras exactamente lo que yo quería ser: alguien capaz no solo de sobreponerse a las necesidades fisiológicas, sino de no tenerlas. A ti no te acechaba el dolor de cabeza, podías correr como hicimos ese primer día sin marearte, algo imposible para mí si no desayunaba. No me pregunté nunca ni te pregunté si te costaba no comer, si sufrías o no. Como te reías y corrías y trabajabas e ibas a la academia de peluquería, limpiabas la casa y horneabas pan y organizabas meriendas y te sacabas el carnet de conducir, como lo hacías todo comiendo tres manzanas al día, no pensé nunca en lo cruel que era tu sacrificio, cruel y salvaje, una mortificación innecesaria que nos habíamos impuesto de forma arbitraria. No bastaba con hacer todo lo que hacíamos, con cumplir con todas las obligaciones. Para ser como debíamos, teníamos que ir por la vida siempre al borde de la inanición si queríamos considerarnos mujeres válidas.

La primera vez que pensé en ponerme a dieta tenía exactamente doce años. La posibilidad de modificar el cuerpo a mi antojo no había aparecido hasta entonces. Mis padres tuvieron que dejarnos a comer en la escuela porque habían tenido que ir a Barcelona a hacer papeles. Nosotros no nos quedábamos nunca en el comedor del colegio, eso era algo propio de familias con madres trabajadoras. Pero ir a Barcelona suponía perder el día entero, y nosotros no teníamos a nadie en el barrio con quien quedarnos. Ese día, a mis doce años, después de comer habíamos salido al patio a jugar. En vez de correr arriba y abajo como hacía el resto de los niños, me quedé al lado de las monitoras, que eran más jóvenes que las maestras. Hablaban entre ellas, y el tema de la comida no tardó en salir. Conejo sí, dijo una de ellas, la de conejo es la mejor carne. El cerdo no. El conejo no tiene grasa. Y así fue como la idea cristalizó en mí como si nada: se podía comer no en función de lo que te ponían en el plato, o lo que te apeteciera, o para celebrar algo, o según lo que te permitía el bolsillo, sino que se podía comer con un objetivo completamente distinto: modificar tu cuerpo, transformarlo. La idea caló en mí, y luego en los libros aprendí todo lo que tenía que saber sobre calorías, carbohidratos y grasas. Me aficioné a calcularlo todo sobre la comida, a elaborar tablas y menús sin parar, y descubrí una poderosa sensación de control sobre mi propio cuerpo.

Para nuestras madres, que habían pasado hambre por no tener qué comer y no por ningún ideal estético, la idea de pasar hambre adrede era una locura. Cuando alguna de nosotras empezaba a mostrar este tipo de comportamiento enseguida lo atribuían a alguna posesión sobrenatural. ¿Quién podía estar dispuesto a aguantar el vacío en el estómago teniendo la nevera llena? Alguien que no estaba muy cuerdo, seguro. Tu madre, en cambio, como era más moderna que el resto de las mujeres adultas que habían llegado del pueblo, no solo no lo veía mal, sino que le parecía de lo más conveniente. A diferencia de todas esas mujeres envejecidas de carnes desbocadas, ella intentaba no pasarse de la raya, y cuando se notaba algo más pesada de la cuenta se ponía a dieta. Cuando nos la encontramos el día que salimos a correr por primera vez no tardó en decir que estaba muy bien que te esforzaras en ponerte en forma (bueno, ella dijo «volver a tu forma normal»), que mira cómo te has puesto durante el tiempo que has estado en el extranjero. Lo expresaba con afecto, decía hija mía para empezar todas las frases. ¿Una madre que animaba a su hija a adelgazar? No sabes cómo te envidié por eso, porque te apoyaba. Cuando mi madre se daba cuenta de que no me sentaba a comer con mis hermanos, cuando veía que el pan que me había dejado en la cocina para el desayuno seguía allí, me regañaba como cuando dejaba los platos sucios en el fregadero o no me ponía a recoger sin que tuviera que decírmelo el desorden que provocaban mis hermanos y mi padre. No comer era para ella un comportamiento que había que corregir, que no entraba dentro de ninguna lógica. Yo entonces la miraba con repugnancia, porque ella estaba enorme, con esos pechos descomunales y deformados tras tantos embarazos y lactancias. Por eso, tu madre me parecía más joven. Y no solo porque iba con la cabeza sin cubrir, también porque estaba mucho más delgada que el resto de las mujeres casadas.

Fui feliz ese domingo de primavera por la mañana. Trotaba a tu lado. Una capa de sudor casi imperceptible te cubría la frente y se oía el ruido que hacía el aire que salía de tu boca, pero no mostrabas signos de cansancio. Aguantabas bien y yo te había alcanzado, había conseguido ponerme a tu nivel. Aunque al principio me costaba, y sentía unas punzadas en el costado, y las piernas parecían no obedecerme, querer parecerme a ti me permitió sobreponerme al dolor. Cuando lo conseguí, cuando al fin pude superar la voluntad de un cuerpo que me pedía que parase, me sentí extasiada, con una alegría física que se convirtió en optimismo vital. Si era capaz de vencer mi propia apatía, podría hacer cualquier cosa que quisiera con mi vida.

Me contaste todo lo que hacías: trabajar en un bar restaurante en el centro de la ciudad en horario partido, y por la mañana estabas terminando los cursos de peluquería. ¡Peluquería! Yo no había ido nunca a una peluquería, mi madre decía que era un sitio para chicas descarriadas que querían modificar lo que Dios les había dado. Tanto para ella como para mi padre, así como para mucha gente en el barrio, querer estar guapa era algo sospechoso, querer gustar era simplemente de putas. Cortarse el pelo, teñirse, depilarse, maquillarse, todo eran tentaciones del diablo.

También estabas sacándote el carnet de conducir y después querías hacer un curso de estética para más adelante montar tu propio negocio. Tal vez uno de dulces o de vestir novias, un servicio muy demandado en las bodas de la gente bien en Marruecos, pero que no existía ni en el pueblo de nuestros padres ni mucho menos en nuestro barrio vertical. Pero todo eso sería más adelante, antes tenías que ahorrar. Mientras me contabas tus proyectos, tus ilusiones, esa fe ciega en el futuro y en la posibilidad de alcanzar tus objetivos mediante el esfuerzo y la constancia, sentí que la goma que había entre nosotras me tiraba hacia ti: podías hacer todas las cosas que mi padre me prohibía, todo lo que mi familia consideraba indecente. Los de nuestra raza, decía mi padre, somos hombres de verdad que preservamos las buenas costumbres de los verdaderos musulmanes. Pero tus padres también eran seguidores de Mahoma y aun así te permitían hacer casi todo. Trabajar era cosa de hombres, no se cansaba de repetir mi padre, y si una mujer se veía obligada a hacerlo era porque se trataba de una cualquiera o porque el marido o el padre no eran lo bastante hombres para mantenerla y la mandaban a casas de desconocidos. No éramos las mujeres las que trabajábamos, eran siempre los hombres poco hombres los que nos mandaban a la indignidad de servir a otros. Más aún en ese barrio donde consideraban inmoral no solo que los hombres dejaran tan libres a sus mujeres como si no tuvieran quien las controlara, sino que lo hacían para que acabaran limpiando la mierda de los cristianos o sirviéndoles alcohol. Este era el colmo de la indignidad para hombres como mi padre: servir alcohol a los cristianos.

Tú entonces llevabas unos pantalones negros ajustados y una camiseta que te llegaba solo por debajo del ombligo y dejaba al descubierto la forma de tu trasero. Esa era una de las fijaciones de mi padre: que la ropa que yo llevara no me marcara el culo. Yo no sabía de dónde había salido esa protuberancia monstruosa que había aparecido de repente justo cuando había cumplido doce años, por qué se me había hinchado más y más, pero sabía que esos bultos me habían cambiado la vida. Fue entonces cuando mi padre había empezado a fijarse en cómo me vestía, y yo no podía dejar de sentir unas enormes ganas de vomitar cada vez que pensaba en él mirándome el culo con unos ojos distintos de los ojos con los que me miraba cuando era pequeña y más plana por todas partes. Él habría querido que me vistiera con las mismas telas infinitas que cubrían a mi madre, pero yo prefería llevar pantalones. Estábamos en los noventa, y las chicas enseñaban la barriga y se embutían en licras que marcaban toda su anatomía. A las niñas del barrio nos habían dejado vestir como queríamos cuando éramos pequeñas. Yo había llevado faldas hasta medio muslo, tops cortos sin mangas, pero a los doce años todo cambió y a muchas empezaron a decirnos que para ser mujeres decentes teníamos que ser más pudorosas. Aún no había llegado el oscurantismo que ahora impone a las chicas solteras taparse el cabello, pero no nos vestíamos como deseábamos. Si querías llevar pantalones, la parte de arriba tenía que ser lo bastante larga para taparte el culo. Y todo tenía que ser holgado, para que las formas no se marcaran. Después entrábamos en las tiendas y la ropa era ajustada o corta. En toda la historia de la moda nunca se había usado tan poca tela para cubrir los cuerpos de las mujeres como en los noventa, y a nosotras nos tocó ser adolescentes justo entonces. ¿Cómo hacer compatibles nuestros anhelos de parecernos a las chicas que salían en las series de sobremesa con las normas que nos imponían en casa? No hacía falta mucho más para acabar interiorizando que nuestras carnes suponían un problema, que la única salida era reducirlas a la mínima expresión con tal de que nos dejaran en paz.

Ese día, corriendo a tu lado, escuchando la cadencia de tu respiración, sentí que se abrían las puertas a un mundo nuevo, a la esperanza de poder ser otra, de poder ser como tú, libre de toda esa carne sobrante que servía para anclarnos en unas vidas que ya no eran las nuestras, que ya no podían serlo. Correr contigo me sirvió para constatar que, igual que tú, yo también podía ser dueña de mi propio destino.

III

Al llegar el verano se me formaba siempre un nudo en la garganta que no se me iba hasta que volvía a empezar el nuevo curso. Cada año, a principios de junio, ya lo notaba. Y unas ganas de llorar que no sabía de dónde me venían. Puede que de mi madre, que, de pie detrás de mí cuando lavaba los platos que habían ensuciado mis hermanos, me daba el recado de mi padre: este año es el último. Ya eres demasiado mayor, no es decente que una chica soltera siga andando sola en medio de la niebla en invierno o bajo el sol del mediodía en verano. La decencia, siempre la decencia, esa sustancia pegajosa que me habían arrojado encima sin saber yo lo que era. Nos habíamos acostumbrado a que nos trataran así cuando llegábamos a la pubertad: como niñas pequeñas, infantilizándonos más que cuando éramos pequeñas de verdad, y hacíamos la compra para toda la familia, acompañábamos a nuestras madres al médico, rellenábamos formularios y llevábamos a nuestros hermanos al colegio y les decíamos ten cuidado al cruzar la calle. Era el mundo al revés: cuando no levantábamos dos palmos del suelo nos hacían responsables de un montón de cosas que nuestras madres no podían hacer porque ya eran mujeres casadas y, por lo tanto, debían permanecer confinadas de por vida. Pero cuando nos hacíamos mayores nos empezaban a tratar como si fuéramos criaturas sin juicio que no podían valerse por sí mismas. Todo porque nos habían salido esos bultos por todas partes y cada mes nos bajaba un flujo de sangre que sabíamos que era normal por las clases de educación sexual, pero que no nos dejaban vivirla con normalidad porque esa sangre de mierda que nos salía del cuerpo había alterado nuestras libertades. Como si fuera el cerebro lo que se nos escurría entre las piernas. Lo más humillante de todo era que a partir de entonces debían acompañarnos hermanos más pequeños solamente porque eran varones. Hermanos a los que habíamos ayudado a criar y que ahora nos vigilaban.

Yo ya podía estar contenta porque estudiaba lejos del barrio. Y porque no tenía que hacer como las otras chicas, casarme o cursar una formación profesional adecuada a mi condición de mujer: puericultura o auxiliar de enfermería. Incluso algunas maestras nos dirigían hacia ese destino, que estaba más acorde con lo que éramos. Para ser prácticas. Si queremos que estas chicas se emancipen, decían algunas, será mejor formarlas para que puedan trabajar pronto y en oficios que no supongan un choque cultural con sus familias. Tan pragmáticas ellas, decidiendo lo que era mejor para nosotras. Por suerte, la tutora que yo tuve en el último curso de primaria había convocado a mi padre infinidad de veces para convencerlo de que valía la pena dejarme estudiar. Porque yo no quería cuidar niños ni repartir bandejas de comida en los hospitales. Yo quería leer y escribir, aprender muchos idiomas y conocer mundo.

Cuando terminé la primaria y le conté a mi madre adónde conducían los estudios que iba a empezar no le dije que no me servirían de nada si luego no seguía estudiando una carrera fuera de la ciudad. Me acompañó a hacer la matrícula porque así lo pedían las autoridades, que el padre, madre o tutor la firmaran, pero mi madre estampó un garabato con poco convencimiento preguntando: ¿aquí? Yo me sentí culpable, porque no le había explicado las consecuencias emancipadoras de una formación en literatura, historia o filosofía. No le había dicho: madre, con tu firma me estás dando permiso para empezar a apartarme de tu lado; con tu consentimiento me ayudarás, sin saberlo, a ser un poco más libre. Si hubiera sido tu madre, que sí que sabía leer y escribir, lo hubiera entendido todo. O puede que la mía también lo entendiera, pero se hacía un poco la despistada, porque aunque me decía, de parte de mi padre, este año es el último y me preguntaba dónde había estado cuando tardaba más de la cuenta en volver del instituto, o qué haces que no te vistes con algo que te cubra por detrás, en el fondo puede que también deseara mi emancipación. Nunca lo dijo y siempre me regañaba, pero después hablaba y hablaba con mi padre —yo oía su voz, que me llegaba del dormitorio cuando se acababa el curso—, y sabía que se esforzaba en convencerlo de que me dejara estudiar, como hacía la tutora pero de otra forma.

Ella le recordaba que mi comportamiento era ejemplar, que no me había salido nunca del camino recto y que no les había llegado ningún rumor sobre mí. Que mi reputación estaba limpia, sin mancha alguna. No sé por qué mi madre se esforzaba tanto en convencerlo si siempre me reprendía y decía *aiiaw* alargando mucho la primera a para indicar que, si hacía algo prohibido, las consecuencias serían terribles. Por eso después me angustié tanto cuando, cogida de tu mano, empecé a salirme del camino. No era solamente por miedo a mi padre, sino porque estaba traicionando a mi madre. Ella, que poco a poco, constante como una hormiguita, había conseguido para mí tanto o más que todas las autoras que yo leía. Las feministas me enseñaban que mi destino de mujer no era necesariamente el mismo que el de mi madre, pero era ella la que todas las noches le susurraba a mi padre al oído: déjala, que no hay nada malo en ello.

Cuando me acompañó a matricularme del primer curso lo único que dijo fue si no había ningún otro sitio para estudiar más cerca de casa. Si en el barrio no había ningún instituto en el que dieran clases de lo que quería. Y yo: que no, que de este tipo no hay más que uno en toda la ciudad y es este. Que no sea de pago, claro. Habíamos tenido que coger el camino de polvo, continuar por la carretera asfaltada, las casitas unifamiliares, una calle serpenteante de casas viejas y cruzar el centro para volver a salir por el otro lado, por una carretera asfaltada que se volvía a convertir en un camino de polvo. Casi una hora andando a buen ritmo. Qué manía con ponerlo todo lejos. Pero a mí esa distancia me iba bien, me parecía que ese paseo era como cambiar de mundo.

Después de una larga batalla lo había conseguido. El primer día estaba muerta de miedo. Me asaltó un vértigo que seguiría teniendo siempre desde entonces al pisar el edificio que nadie de nuestra procedencia había pisado: un instituto de secundaria que me llevaría a cursar una carrera muy lejos de allí. Que aún no sabía cuál sería ni cómo lograría pagármela ni nada, pero durante años fui haciendo camino así, un poco a tientas. A mi madre no le conté que el primer día sentí el estómago revuelto. Ya me conoces, aunque me haga la valiente no soy tan decidida como tú, yo dudo y las dudas me paralizan, pero ahora no podía más que hacer de tripas corazón y obligarme a dar todos los pasos hasta llegar al aula, como si no temblara, como si no tuviera miedo a caerme. Como si no fuera una intrusa que dejaba los límites estrechos pero accesibles del piso de techos bajos y cocina de formica abombada para pasarme horas entre procedimientos matemáticos que hacían que el cuerpo entero me temblase, historia antigua que me ponía delante el principio de la humanidad o las relaciones de servidumbre, ideas de los pensadores más importantes que me elevaban por encima de toda esa realidad tangible que me rodeaba y me provocaban un cosquilleo en el cerebro cuando conseguía entenderlos. A ti no te hacía falta nada de eso y, cuando alguna vez había intentado transmitirte alguna de las historias apasionantes que aprendía, me cortabas y me decías: a mí háblame claro. Yo quería contarte las dudas que tenían algunos filósofos sobre la existencia de su propio cuerpo, y tú no tardabas en decirme: vaya tontería, ¿cómo vas a dudar de tu cuerpo? Tu cuerpo eres tú, no lo tienes separado a un lado. Es lo que eres.

Todo esto lo hablábamos por las tardes, después de que yo llamara a tu puerta y nos sentáramos en la salita los días que no tenías prácticas en la autoescuela o cita en el centro de estética, donde te metían dentro de una especie de pantalones enormes que se hinchaban y te comprimían no sé cómo para sacarte la grasa que te sobraba. Como trabajabas podías pagarte ese tipo de tratamientos. Te habías sacado un abono e ibas una vez por semana. Un día fui a buscarte a otro centro de estética que era solo para la cara y saliste con el rostro quemado, como si te hubieran quitado una capa de piel y la tuvieras en carne viva. Me contaste que no te había dolido, que era un *peeling* que te quitaría los granos para siempre. A mí me habría gustado hacer como tú, pero no tenía dinero y encima seguía intentando saber si dudaba o no de la existencia de mi cuerpo, un cuerpo que mi madre me prohibía que modificara de ningún modo. Solo me dejaba cortarme las puntas cuando era el mes de Aichura, y no podía llevar flequillo ni depilarme las cejas. Entonces también leía libros feministas que coincidían con mi madre, pero porque depilarte era consentir que te convirtieras en un objeto. Aun así yo soñaba con maquillarme y vestirme a la moda, me daba igual estar ofendiendo a Dios o convertirme en un objeto. Al menos de esa forma dejaría de ser propiedad de mi padre, mi madre y mi religión.

Tú parecías tan lejos de ese tipo de restricciones... Tu único criterio era estético, si estabas guapa o no cuando te vestías. Nada de lo que pudieras llevar puesto, ninguna modificación en tu imagen, parecía tener consecuencias sobre lo que eras. Yo tenía que esperar, mi prioridad era poder estudiar, y para eso tenía que ser una buena chica, o por lo menos parecerlo. Decente. Recatada. Fea.

Cuando iba a verte a tu casa y te sentabas recostada en uno de tus enormes muslos parecías una de las odaliscas del harén que había pintado Delacroix. Te hablé del pintor francés, pero no te interesó. Demasiado pasado, me decías a veces, estás demasiado volcada en el pasado, en lo que hicieron otros hace mucho. Hay que mirar al futuro. Nada de odaliscas recostadas en sus apartamentos. Bebías no sé qué infusión de hierbas porque el té que preparaba tu madre era demasiado dulce. Yo en cambio no podía evitar sorber del vaso de ribetes dorados y me llevaba a la boca esas pastas de almendras perfumadas con azahar que preparaba tu madre, las mordía con disimulo, avergonzada por comerlas delante de ti.

La primera vez que estuvimos así en la salita no sabía qué hacer, cómo comportarme, cómo hablarle. En nuestra casa no entraban hombres, y mi padre me había prohibido que hablara con desconocidos. Si aparecía algún hombre donde yo estaba con otras mujeres, lo que tenía que hacer era irme corriendo. Claro que eso solo se aplicaba a los moros, porque era imposible no estar con cristianos en el instituto.

Daba por sentado que tomaba las precauciones necesarias para no tener un contacto demasiado estrecho con mis compañeros, que me relacionaba con ellos lo justo y necesario. Ni se podía imaginar que en mi instituto casi todos los alumnos fumaban y algunas parejas se metían en los lavabos para morrearse y sobarse por encima de la ropa. Yo ni loca. Incluso dentro del instituto, donde no podía verme nadie, no me atrevía a ir más allá de alguna conversación, siempre evitando mirar directamente a los ojos a los chicos que me gustaban.

A veces no podía evitarlo. A pesar de las prohibiciones, del riesgo que suponía, a veces clavaba mi mirada en los ojos de alguno de mis compañeros, incluso de algún profesor, y de repente la sangre que corría por mi cuerpo retumbaba de un modo que apagaba todos los ruidos a mi alrededor y me daba la impresión de que de un momento a otro todo empezaría a arder. Ardería yo y el hombre que tenía delante, arderían esas paredes ocres con pintadas abyectas, el edificio entero, y se desataría un caos que nadie podría controlar. Entonces lo único que quería era escapar, correr por los descampados huyendo de mi propio deseo. ¿Cómo habían conseguido inocularnos la idea de que nuestro deseo, por el simple hecho de ser el nuestro, era algo oscuro, turbio, sucio y malvado? ¿A quién le vamos a pedir cuentas por habernos expropiado el goce jovial y libre? Puede que te escriba por esto mismo, porque no sé a quién recriminarle que nos robaran la alegría de crecer, de convertirnos en adultas capaces de disfrutar de su propia existencia. Aunque yo era muy consciente de la necesidad de sacrificar cosas, como salir con chicos, para poder seguir con los estudios, de vez en cuando el pasado me devuelve el regusto amargo de la estafa.

Lo que me salvó entonces, permitiéndome sublimar el deseo, fue el amor platónico. Nadie puede imaginar hasta qué punto puede Platón resultarle útil a una mora adolescente en un barrio en la periferia de la periferia. Bastaba un gesto, un rasgo, una mirada para que un hombre cualquiera, incluso alguno con el que me cruzaba por la calle, despertara en mi imaginación una gran historia de amor. ¿Qué sabíamos entonces nosotras del amor? En casa no existía, mis padres, como muchos matrimonios de nuestro barrio, se habían conocido la noche de bodas, y su relación era tan jerárquica que resultaba imposible que mediara afecto alguno entre ellos. Servir y obedecer no era amar; dominar y someter, tampoco. Entonces no nos dimos cuenta de que carecíamos de referentes prácticos acerca de eso tan nuevo llamado amor. Como si, de hecho, tuviéramos que inventarlo nosotras.

Yo todo lo que sabía sobre el tema lo había leído, claro. Era algo que aparecía a menudo en las clases de literatura. Te conté la historia de Tristán e Isolda, incluso te recité algunos poemas, pero tú te reías. Como si supieras verdades que yo no conocía y que no estaban en los textos, que solamente podría vislumbrar en el mundo real. Cuando te conté lo que era el amor platónico, el más sublime que existía, la forma más elevada de amar, tú me contestaste: ¡vaya tontería! ¿Cómo vas a enamorarte y no tocarte? ¡No tiene ningún sentido! Cuando lo dijiste sentí que me descargaba un poco del peso que tenía en el pecho, fue como si me dieras permiso para bajar todos esos anhelos a la carne y el cuerpo, como si fuera posible encauzarlos hacia experiencias físicas. Para eso me resultaste de gran ayuda, aunque no creo que fueras consciente de ello. Gracias al simple hecho de que concibieras cosas inimaginables para mí y las hicieras realidad, yo me descargaba de la culpa que me provocaba la simple posibilidad de transgredir todas esas normas absurdas. Me dabas permiso para soñar y para que los sueños se hicieran realidad.

Al principio de ese verano volvió a aparecer el nudo en la garganta, pero se me aflojaba un poco cuando podía ir a verte. Al acabar el curso salíamos a correr temprano por la mañana y luego yo limpiaba y limpiaba mientras mis hermanos salían y entraban cuando querían, burlándose incluso de mis obligaciones domésticas. Hasta el menor, que era muy pequeño, podía volar escalera abajo para ir a jugar a la plaza sin tener que pedir permiso. Todos mis hermanos eran más jóvenes que yo y todos tenían más libertad porque eran chicos, y eso a todo el mundo le parecía normal. A veces los culpaba a ellos de sus privilegios, otras los disculpaba porque ellos no habían inventado esas normas, pero sentía una gran decepción cuando veía que mis hermanos se iban y yo me quedaba atrapada en ese piso. No podía comprender que pudieran disfrutar de la vida como si nada sabiendo que tanto su madre como su hermana estaban sometidas a un régimen tan injusto. Supongo que para ellos, como para tantos hombres de fuera de nuestro barrio, eso era lo normal. Que no dedicaran ni un instante a compadecerse de nosotras me fue distanciando de mis hermanos a pesar de haber crecido juntos.

Durante los veranos, al no ir al instituto, mi vida se parecía más a la de mi madre, pero me quedaba el consuelo de la lectura y, ya por entonces, el refugio de la escritura. Las tardes en las que estabas en casa iba a verte. Como vivías tan cerca, si volvía mi padre y preguntaba por mí era fácil correr a casa y fingir que no había salido. Ya casi nunca bajaba a casa de Sam. A veces en la tuya nos encontrábamos todas, ella y otras chicas.

Cuando me dijiste que os marchabais al día siguiente, un velo oscuro me nubló los ojos y me dejó ciega unos instantes. Como todos los años, os ibais de vacaciones al pueblo. Algo que yo no sabía lo que era porque mi padre se había peleado con su familia y no teníamos ningún lugar al que volver. Que hasta que no le pidieran perdón por no sé qué ofensa que le habían hecho muchos años atrás no volvería a poner los pies en su tierra. Por eso, cuando a mí me hablaban de mi origen no sabía muy bien a qué se referían. Para mí el origen era ese barrio de pisos pequeños, el bochorno en verano que me hacía sudar incluso a medianoche, cuando seguía leyendo y leyendo para estar fuera de allí.

Me habría gustado ser como mis compañeros de clase, para quienes ir al instituto era una obligación pesada, y alegrarme cuando llegaba el verano. Pero no: odiaba las vacaciones. Ni academias de inglés ni veranos en Inglaterra, ni vacaciones en la costa ni arrastrarme apáticamente por un malestar difuso que expresaban los músicos de pelo pegado a la cara. Cuando tienes muchos motivos para rebelarte no te puedes permitir el lujo de ser un rebelde sin causa.

IV

No sé decirte si ese fue el peor verano de mi vida. Era igual que los anteriores, pero algo había cambiado y ahora lo sentía más asfixiante que nunca. Entonces no podía imaginar que al año siguiente todo se precipitaría, que la vida se aceleraría de esa forma. ¿Era por ti por lo que yo había cambiado? Las chismosas del barrio asegurarían que así era, que había dejado de ser una buena chica después de conocerte.

En las noticias veíamos las colas de coches que hacían la operación Paso del Estrecho, llamada así, como si fuera el desembarco de Normandía, un acontecimiento con tintes bélicos. Miles y miles de migrantes de toda Europa volvían «a casa». Yo me preguntaba cómo sería eso. Las vecinas nos contaban los largos viajes por las autopistas que bordeaban el Mediterráneo, que paraban en las áreas de servicio a comer huevos duros aderezados con olor a gasolina mientras los hombres mayores tendían sus alfombrillas sobre el asfalto para rezar. Llenaban tanto los coches de regalos que los niños tenían que ir con las piernas encogidas encima de las cajas. Se dormían con el runrún del motor. Al día siguiente en el ferri, las mujeres se cambiaban y se arreglaban para aparecer al otro lado del Estrecho transformadas en otras, en exitosas y acaudaladas señoras «del extranjero», dejando atrás a las que habían sido durante el resto del año: inmigrantes pobres enclaustradas en sus minúsculos y fríos apartamentos.

Tú no te cambiabas, lo sé, tú eras la misma en todas partes, no consentías caer en esas humillantes adaptaciones al entorno que practicaban otras chicas como nosotras. Por lo que vi en las fotos y cintas de vídeo que me enseñaste al regresar, vestías igual en el barrio que en el pueblo. Para las fiestas sí que te metías en esos preciosos y larguísimos vestidos, unos trajes que por tu porte y tu estatura, tus pómulos majestuosos, te hacían parecer una reina salida de un cuento de *Las mil y una noches* con capas y capas de maquillaje sofisticado.

Te fuiste y se hizo el silencio, tan denso que podías tocarlo, apenas interrumpido por el sonido remoto de coches que pasaban por la autovía y el rumor jadeante de las pocas naves que seguían trabajando en el polígono. Del patio de luces llegaba el tintineo de platos que se lavaban y alguna que otra voz, y todos esos ruidos cotidianos me reconfortaban ligeramente.

Sí, creo que si ese verano me sentí más encerrada que nunca fue porque ya te había conocido. Aunque hacía muy poco, ya me había acostumbrado a ti. Incluso el hilo de mi pensamiento era como ahora, un monólogo que se dirigía a ti. Para salir de vez en cuando buscaba cualquier excusa, me pasaba el día preguntándole a mi madre si necesitaba algo de la tienda.

Supongo que se daría cuenta de que lo que quería era salir de casa. En muchas cosas, las que pudo, mi madre hizo un poco la vista gorda. Pequeñas concesiones. En verano, ella y yo éramos más parecidas que nunca, encerradas las dos en ese minúsculo piso. Mi madre tenía la obligación de vigilarme, de no permitir que me saliera del camino recto, si yo transgredía alguna norma, ella sería la responsable por no haberme educado como Dios manda. Y tenía que enseñarme a ser una buena ama de casa. Cocinar y limpiar el día entero para que cuando viviera en la mía fuera competente en mis labores. A pesar de todo, quiero creer que se compadecía de mi enclaustramiento tanto como yo del suyo. Una compasión inútil, porque ninguna de las dos podía hacer nada para aliviar la situación de la otra.

En el barrio había gente que no se había ido porque no tenía ningún sitio al que volver. Las prostitutas viejas que vivían en los bajos de nuestro edificio, alguna familia que no había conseguido ahorrar para poder volver en verano, los que nunca habían salido de allí, inmigrantes de otras partes que no creían serlo porque en su carnet de identidad no constaba que fueran extranjeros. Había grupos de chicos y chicas reunidos en los bancos de la plaza. Ellos llevaban peinados modernos, fumaban y conversaban acerca de músicas raras que yo no había escuchado nunca, y hablaban repitiendo muletillas, soltando muchas palabrotas y haciendo gestos obscenos. Ellas mascaban chicle, enseñaban el ombligo y llevaban brillantitos en la nariz, el pelo largo recogido en una coleta muy alta. Los miraba desde lejos sabiendo que pertenecían a un mundo lejano del que yo nunca podría formar parte. A veces, mis ojos coincidían un instante con los de alguno de los chicos y luego, con eso solamente, con esa breve mirada, me montaba toda una historia. Aunque era incapaz de creérmela, porque tenía muy interiorizado que esa clase de chicos, del tipo que en el colegio me llamaban empollona, nunca se fijarían en alguien como yo.

Mis hermanos y yo nos entreteníamos por las tardes viendo *Los vigilantes de la playa* a escondidas de mi padre. Si oíamos la llave en la cerradura, corríamos a cambiar de canal para poner dibujos o documentales. Cuando él no estaba, lo que no veíamos nunca eran escenas de besos. Los besos, no digamos ya las escenas más subidas de tono, eran algo vergonzoso, prohibido. Aunque cuando nació el islam no había tele ni *Los vigilantes de la playa*, a ese tipo de imágenes se les aplicaba una palabra que describía lo que no había que hacer: *haram*. Todo lo *haram* nos llevaría directamente al infierno. Por eso, al principio de tener fantasías con chicos, me paraba justo en el momento en que nos acercábamos el uno al otro. Me imaginaba su olor, la calidez de su aliento, casi podía notar la sangre latiendo que le corría por los labios cuando... ¡paf! ¡Cambio de canal! Justo en ese instante. Sola, de noche, con los ojos cerrados, pero cambiaba de canal. Y si no lo conseguía, me levantaba, cogía la libreta donde tenía todas las listas y empezaba una en medio de la noche, a veces alumbrada con una linterna para no despertar a mi hermano pequeño. ¡Lunes! ¡Lunes! ¡Lunes! Otra vez: el lunes lo empiezo todo. Conservo cuadernos con la palabra escrita mil veces hasta llenar páginas enteras.

Quería escribir, necesitaba hacerlo. Ya no me bastaba con descargar la rabia y la indignación con frases como «estoy harta de ser una esclava». Quería historias, grandes historias como las que había leído en los libros. Ser yo la protagonista, buscar mis propias palabras. Pero siempre me salía lo mismo: una mujer joven que vivía en una época remota, no sé cuál, pero llevaba un vestido largo y se le marcaba la cintura, entraba a trabajar en casa de un inválido y se enamoraba perdidamente de él. Eran hombres apuestos, maduros, inteligentes y misteriosos que al principio siempre trataban a la protagonista con desdén porque se sentían frustrados por su condición de inválidos. Todos lo eran de cintura para abajo. Conseguía llegar hasta el momento de tensión entre los dos, pero nunca sabía cómo continuar, y al leerlo me decía: qué vergüenza, qué cursilada romanticona vomitiva estás escribiendo.

En la televisión también salían esos anuncios de yogur que se hicieron muy famosos, con todas esas personas de cuerpos alargados al lado de una piscina o en un yate en medio del mar. Vientres planos, muslos lustrosos y piernas como juncos, clavículas que formaban un hueco. Los miraba con atención siempre que salían, y entre la música ondulante y la piel brillante, me imaginaba que era yo la que estaba en alta mar y que en medio de la soledad y el silencio me miraban. Que mi deseo era que me contemplasen como la cámara contemplaba esos cuerpos bajo el sol. Imaginaba los rayos calentando mi piel. Para que te miren, me dije, tienes que ser como ellas, como las mujeres del yogur. Los hombres plastificados y musculados no me interesaban nada.

Por si el verano no era lo bastante aburrido, a mi padre le dio por ver películas religiosas. Se dormía en el sofá mientras se sucedían una y otra vez las escenas de la vida de Mahoma sin que el profeta apareciera nunca, porque está prohibido representarlo. Cuando se suponía que estaba presente se oía una musiquita de lo más ridícula. Creo que tú te libraste de todas esas historias, tostones inverosímiles que querían convencernos de la bondad de la religión de nuestros padres, del milagro de la auténtica revelación. En esas películas, los enemigos del islam eran siempre muy feos, con los pelos de las cejas en punta para que parecieran demonios. Mi padre empezó a preguntar si rezábamos. Yo lo hacía cuando me acordaba, pero no como él pensaba. Al meterme en el baño para las abluciones no podía evitar ensimismarme con el tacto de mis propios dedos. Para las abluciones sí que podíamos tocarnos lo prohibido. Luego, al rezar, la cabeza se me iba siempre a lo mismo: al chico que me había mirado, a los pasajes excitantes que había leído.

Mientras esperaba a que regresaras me propuse escribir. Ahora sí, de verdad. Ya que mi padre no me dejaba trabajar y tenía que ir pensando en cómo me pagaría la carrera, llegué a la conclusión de que esa era una buena forma de subvertir sus normas. Nadie se daría cuenta de lo que estaba haciendo. Incluso llegué a convencerme de que si alguna vez publicaba un libro, ni él ni mi madre se enterarían porque no podrían leerlo. Escribir para salir del barrio me pareció un buen plan durante el bochorno de ese verano. Me marqué un calendario con el número de páginas que escribiría cada día y en la biblioteca minúscula del barrio hojeaba la revista donde salían los premios literarios y me decía a mí misma: si acabo tal día, me podré presentar a este. Después llegaba el día y no había escrito nada. Lo difícil era imaginar otras realidades, otra vida posible. Aunque yo me tenía por una librepensadora, el encierro físico también ataba mi imaginación y no conseguía más que pensar en ti disfrutando de fiestas y más fiestas donde bailarías sin parar.

Tampoco podía salir a correr. Sin ti me costaba mucho levantarme temprano, y había vuelto el miedo, ese miedo que tu presencia había calmado. Lo intenté una sola vez, un día que el cuerpo me latía como si me hubiera vuelto loca. Absorta escuchando mi propia respiración y animándome a mí misma a seguir trotando, no me di cuenta de que había alguien más en el silencio de la mañana. El ruido de pisadas se fue acercando y entonces oí la voz de un chico, un hombre joven, susurrando algo. Eh, oye, escúchame un momento. Le grité que me dejara en paz. Aceleré el paso, pero él siguió detrás de mí. Tú estabas acostumbrada a que te siguieran, yo no. Quería gustar, Dios, me moría por gustarle a un hombre, pero no de esa forma, no como una invasión, su deseo imponiéndose hasta penetrar en un espacio que era el mío. Me acordé de que Sam, a quien no parecía molestarle este tipo de comportamiento, tenía a los chicos como moscas volando a su alrededor. Me preguntaba si el problema era yo, si era demasiado cerrada, si estaba demasiado influida por todas las normas sobre la vergüenza con las que había crecido. ¿No había otra forma de gustar que no fuera provocando ese tipo de actitudes que, por otro lado, sentía que en realidad no tenían nada que ver con lo que yo era? Ese chico, al fin y al cabo, no me conocía de nada.

Me llamó hermana. ¿Te acuerdas de que siempre nos decían hermana mía, y luego nos reíamos imitando esas fórmulas antiguas? Qué hermana ni qué leches, le dije al chico, si tú lo que quieres es follarme. ¿Te follarías a tu hermana? Creo que nunca había hablado así, y menos a un desconocido. Su deseo, o lo que fuera que lo había empujado a seguirme, se imponía a mis pocos espacios de libertad.

No te lo conté, como no te conté lo que tantas veces me pasaba por la cabeza en esa época, pero ese día pensé en salir corriendo de verdad. En no detenerme hasta dejar atrás a mis padres, a mis hermanos, el piso y el barrio entero. Con cada zancada me decía: lo voy a hacer, lo hago. Voy a seguir corriendo hasta llegar a un lugar en el que no me conozca nadie, sin avisar a nadie. No me detuvo el chico, fuiste tú. De repente imaginé lo que me dirías si te decía que me iba a ir así, de un modo tan repentino. Y ahora me doy cuenta de que fuiste mucho más que una amiga. Sin ti habría perdido el juicio, me habría vuelto loca emparedada como estaba entre un ímpetu interior que me empujaba a la vida sin freno y el asfixiante entorno que pretendía negarla. Negarnos a todas la simple posibilidad de vivir.

V

Volviste radiante. Más delgada y con la piel ligeramente dorada. Tuve que aguantarme las ganas de subir corriendo a tu casa. Las estrictas normas de cortesía y hospitalidad en las que nos educaron prohibían visitar a alguien que acababa de llegar de un viaje. Te reirías de mí si te dijera que incluso ahora sigo teniendo presente esa infinidad de leyes no escritas. Estoy segura de que en su contexto tenían razón de ser, que la sociedad de la que provenían nuestros padres conseguía una mejor convivencia gracias a esas reglas establecidas. Aunque no fue lo que pensé cuando te vi llegar y mi madre me impidió que subiera a verte. De las pocas cosas que echo de menos de cuando vivía rodeada de personas de nuestra misma procedencia destacaría algunas muestras de solidaridad. A mi madre —que no podía volver a casa de su familia por el destierro voluntario al que mi padre nos condenó a todos— muchas vecinas le traían productos que aquí no se encontraban, como la cebada molida, algunas especias, y también aceite de oliva. Y si conseguían que les aguantaran todo el viaje, también higos chumbos. Hatillos que eran como trocitos de tu tierra. Ella les devolvía a cambio pan o pastas caseras. Añoro ese tipo de gestos, incluso realizarlos yo misma. A veces se me pasa por la cabeza compartir con mis vecinos urbanitas, de quienes no sé ni el nombre, algo que he cocinado o que he traído de lejos, pero me reprimo porque alguna vez que lo he hecho me han mirado como si no entendieran nada.

Casi ninguna chica del barrio venía a casa, le tenían miedo a mi padre. Menos Sam, que tan pronto como bajó del coche corrió a llamar a nuestra puerta. Ella, si se lo encontraba, le daba la mano riéndose y le decía: ¿cómo estás, tío Muh? Lo miraba directamente a los ojos, como tenía yo prohibido hacer con los hombres que no fueran de la familia. Y mi padre también se reía con ella y le gastaba unas bromas que nunca en la vida me habría gastado a mí. A sus hijos casi no nos hablaba. Cuando entraba en casa no decía ni «paz» ni «que la paz esté con vosotros» ni «cómo estáis». Yo descubrí mucho más tarde, sobre todo en tu casa y en la de Sam, que había padres que saludaban a sus hijos al entrar en casa.

Sam estaba feliz, con ganas de contarme todo lo que había vivido durante las vacaciones. Nos fuimos a mi habitación y sacó una cámara de fotos nueva. Me dijo: venga, hagámonos una foto tú y yo, y nos sentamos en la litera de metal rojo, con la cama de mi hermano pequeño deshecha, la funda del cojín llena de marcas de saliva, y salimos las dos con nuestras caras tocándose, ella sentada encima de mí. El roce de sus mejillas, la carnosidad de sus muslos encima de los míos y esa familiaridad despreocupada me sacaron de repente de la oscuridad del mes que terminaba. Me resultaba sorprendente tener un cuerpo ajeno tan cerca, olerlo, notar el calor que desprendía. Estuve a punto de negarme a salir en la foto. En parte porque no soportaba la imagen que me devolvía el espejo, pero también por esa mentalidad antigua de la que tú te burlabas y que dictaba que las mujeres decentes no podían dejarse fotografiar por desconocidos, aunque fueran otras mujeres las que enfocaban con el objetivo, porque luego, en sus casas, a saber quién podría ver a la esposa de otro, a la hija de otro. Decían que era para preservar nuestra intimidad, que la que no ha sido nunca vista vale más que la que se ha exhibido impúdicamente, pero en realidad lo que hacían era borrarnos. A veces busco a mi madre en las pocas fotografías familiares que tengo y casi nunca la encuentro, debo imaginármela. Tampoco tengo muchas en las que aparezca yo, aunque sé que me escondía, que me escondí durante mucho tiempo.

Al final dejé que Sam me retratara. Miro la copia que me hizo de esa foto, y cualquiera que la viera creería que éramos muy amigas, inseparables. Yo la apreciaba y disfrutaba de su compañía, pero lo que sentía con ella no tenía nada que ver con lo que sentía contigo. No notaba esa goma elástica que me tiraba hacia ti, una complicidad que hasta entonces no había tenido con nadie. Tú más que nadie fuiste el espejo en el que pude mirarme por primera vez sin tener miedo, o venciendo mis temores. Un espejo hecho de risas y desparpajo, de capacidad para expresar sin complejos tanto lo que pensabas como lo que querías. Sí, expresarme con libertad era lo que menos hacía yo entonces. Y pasar por encima de todas esas normas absurdas, proyectar tu vida como si no existieran siquiera. De vez en cuando criticabas el control social con el que nos querían atar nuestros vecinos, pero es que la mayor parte del tiempo ni siquiera te dabas cuenta de toda esa tontería, tonterías, decías siempre. Yo te veía dueña de tu propia vida, y esa independencia y esa soberanía me deslumbraron desde el principio.

Sam era distinta, más superficial. Al menos entonces. ¿No te acuerdas de cuando nos preguntó cómo se sabía que te gustaba un chico? ¿Si era cuando el coño aplaudía? Tu madre siempre le decía que era una desvergonzada, pero se partía de risa con ella. El día de la foto, en mi habitación, me enseñó unos bailes que había aprendido en las fiestas del pueblo a las que iban chicos y chicas de toda Europa. Creo que tú también estabas cuando había empezado a restregarse contra uno de ellos. Las mujeres mayores no sabían dónde meterse de la vergüenza, con esa música del demonio y la juventud mezclándose, bailando de un modo obsceno, sin pudor alguno. Miraban a otro lado y se cubrían la boca con la punta del pañuelo.

Intenté que Sam entendiera que era normal que esas mujeres se enfadaran, que tenían otra forma de ver el mundo, y ella me contestó: pues que cambien, que se jodan o que cambien de una vez esa mentalidad prehistórica. ¿Qué tiene de malo divertirnos? Que no todo van a ser panderos y *sdaq-sdaq* y *lalla buyas*. Y no tardó nada en preguntarme si había conocido a algún chico, y qué había hecho. Me encogía de hombros. Ella me habló de uno y de otro, todos de países del norte. Moros como nosotras pero alemanes, belgas y daneses, algo que a Sam la fascinaba, como si realmente fueran extranjeros exóticos y no hijos o nietos de nuestro mismo pueblo.

Tú y yo no nos vimos hasta el día siguiente. Tenías el comedor lleno de bolsas y cajas a medio deshacer. De una de ellas ibas sacando vestidos brillantes, unas telas que cuando las desplegabas parecían olas del mar. Me quedé atrapada en su movimiento. Una de un rojo intenso, como de amapola, la otra blanca con bordados dorados, otros plateados. Una con el punto de cruz verde tradicional. Y todo con sus complementos a juego: las babuchas del mismo tejido con un taloncito y la bisutería que parecía el oro de la dote, con pendientes, collares, cinturones y anillos. Algunas llevaban una especie de tiaras y velos que también combinaban y otros trozos de tela. Esto para poner detrás, me contaste, para las fotos. Era el material que te habías comprado para trabajar vistiendo novias. Pero esto no es más que para empezar, me dijiste. Y tu madre: que qué buena inversión, que Dios te ayude, hija mía, en tu empresa. Unas palabras que mi madre no habría dicho nunca de un trabajo que consistía en asistir a bodas de desconocidos con hombres desconocidos que te miraban. Y tú sin taparte ni nada. Con tu coche (porque ya conducías) arriba y abajo por vete tú a saber qué pueblos y ciudades. Ante todo ese despliegue me entraron hasta ganas de casarme, pero no tardé nada en sacudirme de encima una idea tan absurda. La borré de mi mente. Entonces estaba convencida de que el matrimonio no era para mí.

Nos sentamos en la salita de invitados y me dijiste: ¡no te vas a creer lo que me ha pasado! Los ojos se te iluminaron de un modo que no te había visto nunca. Ni rastro de la sombra en tu mirada del primer día. Un poco ruborizada me contaste que habías conocido a un chico en el barco, en el ferri de vuelta, y que desde que os habíais mirado a los ojos por primera vez ya no habíais podido dejar de buscaros por todo el barco. Yo te imaginaba en una de las cubiertas con el viento salado en la cara y ese chico que me dijiste que era alto y moreno diciéndote: ¡estás aquí! Pasasteis casi todo el trayecto juntos mientras los demás pasajeros dormían. Me contagiaste tu entusiasmo, era como ver por primera vez y en carne y hueso el deseo y el amor. Todo junto, todo fusionado. Una separación, la del sexo y el amor, que yo establecía pero que tú no entendías. Intenté convencerte de que puede gustarte alguien y no enamorarte o enamorarte de quien no te gusta, pero no te convencí. Tonterías, me decías.

Me quedé atrapada en la descripción detallada que me hiciste de todas las horas que habíais pasado en el barco, cada instante, cada paso que él daba o que dabas tú. Me fascinaba que le hubieras mostrado abiertamente que te gustaba. ¿Podía ser eso posible? ¿Podía una chica como nosotras conocer a un chico y mostrar su interés en él? ¿Teníamos nosotras derecho a vivir una historia de amor real? Quería que me pasara algo parecido a mí también. Tu vida, o lo que yo interpretaba que era tu vida, me servía para ver representados en ella mis anhelos y deseos, los que no podía admitir con el pensamiento. No sé hasta qué punto era real la imagen que me hice de ti, pero me sirvió para creer que mi existencia podía ser distinta, me abrió las puertas a la esperanza. De repente era yo la que había estado en la cubierta del barco, vuestro barco del amor.

¿Y tus padres qué decían? Te lo pregunté y me contestaste que con todo lo que te habían hecho pasar no podían decir ni pío. No me atreví a preguntarte qué te había ocurrido antes de aterrizar en el barrio.

¿Y ahora qué? Seguí interrogándote y me dijiste que os habíais dado los números de teléfono y las direcciones. Que esa misma mañana ya habíais hablado y que él estaba arreglando algunos asuntos antes de poder venir. Él dejaría el país europeo en el que residía para vivir cerca de ti. No podía imaginar mayor prueba de amor. Dejarlo todo, como en las películas y en las novelas románticas, dejarlo todo por ti. Hacer miles de kilómetros, cambiar de país y de trabajo para estar contigo. No sé de dónde sacamos una visión tan idealista del amor. De nuestros padres no, por supuesto. No alcanzo a comprender ese cambio: de los matrimonios pactados a la visión hollywoodiense de las relaciones entre hombres y mujeres. En mi caso te puedo decir que la lectura y las canciones de los cantautores tuvieron mucho que ver.

Ahora que sabía que era posible que nosotras viéramos un amor como el que tú me habías contado, me dije que más que nunca tenía que prepararme para cuando me tocara a mí, para cuando conociera a un hombre capaz de amarme de ese modo. No bastaba con cómo era yo entonces. Tenía que mejorar para estar preparada. Y mejorar quería decir, por supuesto, ser menos. Más ligera, más delgada, más adecentada, limpia y ordenada. Así que me propuse comenzar el curso adelgazando más que nunca. Mi padre había comprado una báscula y desde entonces me pesaba todos los días. Cerraba los ojos para no ver el resultado que me arrojaba, para que no me dijera que era defectuosa, que no merecía ser amada.

Para alcanzar mis objetivos de delgadez cogía revistas de moda de la biblioteca. Lo hacía a escondidas, porque una vez que mi padre encontró una al lado de la estufa le echó un vistazo y echó al fuego toda esa indecencia. Así era como ardería yo. No me lo dijo, pero a menudo hablaba de las perdidas y las desnudas, que iríamos todas al infierno. Era algo que sabía todo el mundo, repetía sin parar, incluso el imán de la mezquita lo había contado en uno de sus sermones: que el mismísimo Mahoma había dicho que en el infierno había más mujeres que hombres por ser nosotras unas fornicadoras provocadoras, amigas del demonio. Y si lo decía Mahoma es que era verdad. Mi padre, ingenuo él, creía que lo que me interesaba de las revistas era que las modelos aparecían en actitudes sexuales. ¿Cómo iba a imaginar que era todo lo contrario? Las modelos salían medio desnudas y en poses sexuales, pero su delgadez extrema, sus cuerpos alargados y enjutos eran lo contrario a las mujeres con pechos y culo, las mujeres sexis que provocaban a los hombres. Las modelos, más que nunca en los noventa, no eran más que la estructura huesuda que servía para sostener las prendas, eran lo opuesto a la encarnación del deseo. ¿Cómo iba mi padre a comprender esa complejidad si ni yo podía entenderla?

Contigo las hojeábamos a menudo, ¿te acuerdas? Tú me mostrabas vestidos y zapatos, gritabas de emoción al ver un diseño que te gustaba mucho. Como ya conducías empezamos a dar largos paseos con el coche. Ponías *1, 2, 3 Soleils* y a mí me gustaba la voz rasgada de Rachid Taha, a ti el tono de Khaled. A nadie le interesaba el pobre Faudel. Nos desgañitábamos cantando y bailando dentro de tu Mercedes antiguo y amplio. Protegidas por la velocidad y la distancia, nadie podía controlar lo que hacíamos. Mejor que correr era conducir. Y tú eras la primera mora en hacerlo, la única que conocía. Escandalizaste a todo el barrio con ese atrevimiento, pero otras chicas empezaron a copiarte. Me llevaste a un centro comercial en el que podíamos ser cualquier cosa que quisiéramos, un sitio donde lo único que había era tiendas. Ni torres de pisos, ni el rumor de las fábricas, ni el polvo del camino ni la vía del tren, el río o la carretera. Me probé ropa que escogiste tú y que yo nunca en la vida me habría puesto: vestidos cortos, pantalones ajustados, tops que dejaban el ombligo al aire. ¿Por qué no? ¿Por qué no podía ser otra completamente distinta? A ti esa pregunta ni se te pasó por la cabeza y fuiste dándome los modelos más atrevidos. Escotes, faldas cortas, licras que se ajustaban al cuerpo. Me mirabas de arriba abajo y decías:

estás espectacular, lo único que tienes que hacer es sacarte un poco de partido. En el espejo yo veía reflejada la viva imagen de lo prohibido, pero me volvía hacia ti y tenía la sensación de que me estaban mirando por primera vez. Me observabas a mí tal como era, como diciéndome que no había nada malo en mí, que ser agradable a la vista no era ningún delito. Podía mostrarme ante tus ojos entera y confiada, sin esconderme, sin encogerme sobre mí misma. Y en la intimidad de los probadores me sentí amada por primera vez.

VI

Siempre contabas el momento en el que me rebelé, pocos años después de ese primer verano. El día en que me viste probar por primera vez una cerveza sentada en la barra de ese bar de la Rambla, no dabas crédito. La hija de Muh, quién lo iba a decir. Como si ese cambio no tuviera nada que ver contigo, cuando en realidad de no ser por ti seguiría encerrada en el barrio, convencida de que si cumplía con todo las cosas irían bien. Creo que empecé a cambiar justo después de conocerte. En ti encontré el asidero necesario para no ahogarme del todo. Ya te lo he dicho, incluso para no volverme loca. A veces lo pienso y me parece que a lo mejor lo que tenía que haber hecho era romper del todo, irme cuando cumplí dieciocho años y dejar el barrio, el piso de techos bajos, la madre cansada y los hermanos que todo lo ensuciaban. Pero ahora estoy segura de que no lo habría soportado, me habría roto al dar un salto tan enorme. No podía dejar sola a mi madre, no podía provocar un escándalo y dejarla a ella marcada para siempre. También intuía que no sería capaz de aguantar toda la soledad que comporta el romper sin más. Por no hablar de que no tenía dinero ni para comprar un billete de autobús. ¿Cómo iba a escapar?

Pero hablo desde el presente, entonces también estábamos convencidas de que podríamos cambiar el mundo, por lo menos el de nuestro barrio. Queríamos ir poco a poco, no hacer una revolución. Nuestros padres nos habían traído aquí para que tuviéramos una vida mejor, no podíamos pagarles con lo que yo entonces creía que sería un acto de traición.

Conocerte a ti y saber que tu madre era distinta, que ya había cambiado, me abrió las puertas a la esperanza de poder conciliar todos nuestros mundos. Tu madre creía que teníamos que aprovechar todas las oportunidades que tuviéramos. Ella hacía algo que nadie en mi casa hacía: me preguntaba por mis notas y me felicitaba por mis buenos resultados, me animaba a seguir por ese camino. Te podrás imaginar que te envidié hasta la madre que tenías. Ella decía que había que progresar económicamente y que para ello teníamos que formarnos. Habría sido estúpido por nuestra parte desaprovechar una situación que nada tenía que ver con la que se había encontrado ella en el pueblo, sin poder estudiar ni trabajar. Tu madre seguía asistiendo a clases de lengua a pesar de que ya sabía hablar y era de las pocas mujeres que se mezclaba con hombres en las aulas. Porque las clases solo para mujeres no pasaban de la alfabetización, y ella quería aprender más. Por supuesto que eso en el barrio corrió como la pólvora y fueron muchos los que la criticaron. Incluso el imán, que dedicó un sermón a advertir sobre los peligros de dejar que las mujeres pisaran terreno prohibido y apeló a la responsabilidad de los hombres para controlar las buenas formas y no dejar que en nuestra familia se instalara el caos. Tu padre escuchó el discurso, pero no se sintió aludido. Hasta que uno de los asistentes le dijo medio en broma que no se podía quejar, que le habían dedicado una *jutba* entera. Y madre mía si se quejó, pero no en casa como esperaban que hiciera, sino ante el imán del oratorio. Parece ser que le echó una bronca monumental: le dijo que quién se creía que era para meter las narices en los asuntos de los demás y si estaba allí para presidir la oración o para hablar mal y sin ningún tipo de vergüenza sobre las mujeres de otros. Que él era el que se tenía que avergonzar por haberse atrevido a hablar en público de mujeres casadas y decentes, y que, si volvía a hacerlo, le juraba por Dios que nadie en ese barrio volvería a postrarse detrás de él.

Mi padre no habría tenido nunca una reacción así. Él habría vuelto del oratorio con la boca llena de espuma y gritando hasta que se le oyera en el polígono. Pero mi madre no salía de casa y nadie podía decir nada sobre ella. Ni en el oratorio ni en ningún sitio. Si no fuera porque algunas tardes sacaba la cabeza por la ventana para hablar en susurros con la vecina de al lado y que la visitaba la Parabólica, puede que nadie hubiera sabido que vivía allí. Solo salía los sábados para hacer la compra y algún domingo para acompañar a mi padre a ver obras. Tú no sabes cómo eran esos paseos los domingos por la tarde para ver obras y más obras. Mi madre también salía cuando tenía médico o para arreglar papeles. El resto del tiempo, siempre en casa en ese piso de techos bajos, quejándose de tener un marido albañil y la cocina tan vieja. Pero, por mucho que se quejara, él nunca tenía tiempo para cambiarla.

Me contagiaste tu entusiasmo por el chico que habías conocido, Saíd, pero yo tenía una duda que no conseguía disipar. Por cómo eran, y por cómo habían sido siempre con nosotras, estaba convencida de que no debíamos relacionarnos con chicos moros, ni mucho menos tenerlos como novios. Cuando Sam se enrollaba con alguno y luego rompían, él se pasaba el día fanfarroneando ante los demás, dando todo tipo de detalles sobre lo que había conseguido hacerle: no de lo que habían hecho juntos, sino de lo que le había hecho él a ella. Y encima con ese lenguaje nuestro al hablar de estos temas, un lenguaje violento más propio de la guerra que del amor.

Yo en la vida pienso liarme con un moro, te decía, al mismo tiempo que sabía que tenía totalmente prohibidos a los cristianos. ¿Entonces? Eso son historias que te montas tú, me contestabas, los malos son malos, ya sean moros o cristianos, y con los buenos pasa lo mismo. Pero yo aún no había visto lo que entonces llamábamos, medio en broma, moros nuevos: esos hombres que tenían una mentalidad distinta a pesar de haber nacido en familias como las nuestras. También me inquietaba lo que mi padre repetía sin parar: que todos los hombres eran iguales, y los nuestros más iguales aún, con la cabeza sucia, llena de malos pensamientos, y que él los conocía bien porque era uno de ellos. Y mi madre desde que era pequeña levantaba el dedo índice para advertirme de que no me fiara de ninguno, que nunca bajara la guardia con ellos. ¿Dónde quedaban, entonces, el hermano amado de quien contaba maravillas y el padre sensible que lloraba por todo? Y si ningún hombre era de fiar, ¿cómo podía mi madre compartir cama con mi padre todas las noches?

Tú te enamoraste perdidamente de Saíd, sin ninguna de mis reservas. Si nosotras podemos ser moras nuevas, ellos también pueden cambiar. Cuando alguno te perseguía por la calle soltabas: ej, qué asco de tío, no qué asco de moro, como decía Sam o yo también a veces. Tú te enamoraste de un chico que era distinto de todos esos que se creían con derecho a seguirnos con el coche y la música a todo volumen. Ya lo verás, me decías, y se te iluminaban los ojos de felicidad. Yo empezaba a pensar que a lo mejor tenías razón y que todo sería más fácil si un día me enamoraba de un chico así y podíamos casarnos... Pero no, no, yo no quería saber nada del matrimonio.

También estaba convencida de que era imposible que pudiera gustarles a los cristianos. Era demasiado oscura, demasiado mora, con el pelo recogido en la ridícula trenza que mi madre me obligaba a hacerme todos los días, esas facciones que yo consideraba feas, demasiado étnicas. Los cristianos eran para las chicas del instituto, con sus muslos lisos y rectos, blancas y rubias, con mechas y el pelo cortado a la moda, siempre delgadas y con el vientre tan plano que el hueso de la cadera les formaba un hueco a cada lado. ¿Te acuerdas de que ese curso, que era el último, empecé a hablarte de un chico que se sentaba a mi lado y que era muy dulce? ¿Uno que llevaba el pelo rubio recogido en una coleta y unas gafas muy gruesas? Un día nos lo encontramos en el centro y a mí me entró tal temblor que casi no podía hablar. Todas os burlabais de mí, lo sé, pero porque tú y Sam os relacionabais de una forma tan natural con los chicos que no entendíais mi timidez. Os lo contaba, pero no os hacíais a la idea: como mi padre trabajaba por su cuenta y hacía el horario que quería, de repente te lo podías encontrar donde menos te lo esperabas. Y si me descubría hablando con un chico sería el fin, una hecatombe. Ni siquiera vosotras podíais imaginar mi miedo. O lo que era vivir constantemente con la sensación de peligro.

Pues a ese chico lo conociste el día en que nos lo encontramos en el centro. Unos años después me dijo que le gustaba, pero que no se atrevió nunca a tirarme los tejos porque creía que yo no estaba interesada en él. ¡Imagínate! A mí también me gustaba él, ahora lo veo y puedo decirlo. A veces, en mitad de la clase, me susurraba cosas al oído y se me erizaba toda la piel. Incluso la de las piernas. Me pasaba el día escuchando el sonido de su respiración, imaginando cómo sería tocarlo. Por mucho que reprimiera mis pensamientos, los sentidos parecían escapar al control que quería imponerles, y de repente me encontraba con las yemas de los dedos queriendo acariciar sus mejillas y sus labios, con la nariz apuntando ligeramente hacia la sedosidad de su pelo, con mi lengua retenida entre los dientes.

Tenía que esperar, me decía, esperar para vivir, planear la salida. Los estudios eran mi salida: conseguir la matrícula de honor para no tener que pagar las tasas del primer año, esforzarme más y más para ganar mi propia libertad. Y ese pensamiento era como un gancho de escalador, que lo lanzas hacia arriba para luego poder agarrarte a él. Empecé a buscar trabajo para ahorrar, algo que pudiera hacer sin que mi padre se enterara.

Había conseguido terminar un relato que no trataba de inválidos, como todos los que había escrito el verano en que nos conocimos, y estaba pensando en presentarme a algún certamen literario. Como excusa para no hacerlo decía que presentarse a premios era venderse y que los escritores de verdad no se venden. Que algunos autores decían que eso era prostituirse. Tú, con tu habitual pragmatismo, me hiciste aterrizar en la realidad. Nuestra realidad de barrio, de pobres, de mujeres y de inmigrantes. ¿De qué viven esos señores que se creen tan por encima de los demás?, me preguntabas, y yo me encogía de hombros. Vaya tontería, me da igual que lo diga el escritor más importante del mundo. Escribir es como cualquier otra cosa. Imagínate que yo te dijera que no quiero cobrar por cortar el pelo porque sería como venderme. Y, además, si tienes la suerte de saber hacer algo, ¡hazlo!, ¿o te crees que todo el mundo puede hacer lo que quiera? Esto me lo decías sin haberme leído, tú nunca me leíste. O si me leíste alguna vez no me dijiste nada, y yo tampoco porque creía que, si te lo preguntaba, sería un poco como obligarte a hacerlo. También porque estaba segura de que lo que yo escribía no podía gustarte.

Fue a principios de ese curso cuando me dijiste: escribe y gana premios. Tenemos que salir de aquí como sea, y tú puedes escapar gracias a lo que te gusta. ¿Qué más quieres? En el fondo creo que no estaba tan segura de querer irme, puede que siguiera con la esperanza de no tener que hacerlo. Fuimos muchas las chicas que acabamos marchándonos del barrio, pero porque no nos quedó otra, allí no nos dejaban ser lo que éramos. La única forma de quedarnos era recortándonos un poquito por aquí, un poquito por allá, y renunciando a infinidad de cosas.

Un día llamaste a mi puerta porque no podías esperar a darme la noticia: él estaba aquí, había venido. Te había llamado. Se encontraba en casa de un amigo del pueblo que daba la casualidad de que vivía en nuestro barrio, en una casita en medio del campo a mano derecha desde el camino que bajaba a la ciudad. No te lo podías creer, y yo temblaba contigo. ¿Qué vas a hacer? Me contaste que habíais quedado, y a partir de entonces empezasteis a salir como una pareja normal. Tú no tenías miedo de lo que podían decir, aunque intentabas ser discreta, lo que suponía encontrarte con él en los cafés adonde no solían ir moros. Ese del centro que tenía mil variedades y que era bastante caro, con los sacos de grano de café en la entrada para decorar.

Ven a conocerlo, me dijiste, y yo: que no, que no, imagínate lo que podría pasar. Había ocurrido lo de la limpieza de cutis, ¿te acuerdas? Para practicar lo que te enseñaban en la academia, te ofreciste a hacerme una. Ya verás, me dijiste, parecerás otra. No puedes ir por el mundo con esos granos. Me pusiste un montón de cremas y tónicos que olían de maravilla. Luego me colocaste una toalla sobre la cabeza y la cara encima de una olla llena de agua hirviendo, para que sudara, y cuando te decía que me ahogaba, tú me insistías: un poquito más, venga, aguanta un poco. ¡Ahora! Ahora ya tienes todos los poros abiertos, y con el agua goteándome por el cuello cogiste dos trozos de papel de ese tan fino de la cajita y empezaste a apretarme todos los granos y los puntos negros, incluso los que ni siquiera sabía que tenía. Esta es la peor parte, me dijiste, la extracción. Me hacías tanto daño que se me saltaban las lágrimas, sobre todo cuando me apretabas la nariz, pero podía sentir tu aliento muy cerca y era un aliento limpio, cálido y agradable. Al terminar me aplicaste otra cosa que no sabía muy bien lo que era, pero pronto lo entendí: la cera.

Cuando mi madre me vio empezó a repetir esa frase tan larga que se dice para ahuyentar al demonio, la de *a'udu billahi mina chaitan arrayim*. Y no dejó de echarme la bronca hasta que llegó mi padre y me dijo que me fuera a mi habitación. Que cómo era posible que fuera tan tonta para dejar que jugaran con mi cara, que si me había vuelto una fulana depilándome, que si no sabía que nuestra religión lo prohibía. Me callé, claro, pero te estaba agradecida, porque cuando me miré en el espejo vi que mi cara estaba radiante. Muy marcada por la «extracción», pero radiante, y cuando me tocaba el rostro me notaba la piel más suave que nunca. Me dijiste que, si la quería mantener así, tenía que acostumbrarme a llevar una rutina diaria. Me la explicaste, pero los productos que tenía que usar eran muchos y caros.

A mi madre se le pasó el cabreo cuando vio que mi padre no había notado nada, que no se había fijado en mis cejas ni en todo lo demás. Él solo veía culos, otras sutilezas se le escapaban. Aun así, mi madre me dijo que no le gustabas, que ya se veía que no podías ser una buena influencia y que pobre de mí que me dejara hacer nada más. Que nosotros no éramos como vosotros. Y porque éramos como éramos, yo no podría quedar contigo para conocer a Saíd.

VII

No recuerdo mucho del otoño que siguió. Excepto una cosa: el hambre, el dolor constante en el estómago por una dieta cada vez más restrictiva.

Encontré unas clases particulares. Hoy por hoy, mi padre aún no sabe que las di. A veces pienso que forzarme a engañarlo me obligaba a convertirme en una desconocida. Mi madre sí que lo sabía y sufría, pero sufría siempre tanto que yo ya no podía hacerle caso.

No quedamos muchas veces Saíd, tú y yo juntos. Porque vosotros erais novios y no quería ir de carabina, pero tú me contabas cada encuentro con él y yo te envidiaba. No os cogíais de la mano cuando ibais por la calle ni os dabais besos en público, aunque él sí te acompañaba hasta detrás de las tres torres y luego bajaba andando para volver a casa de su amigo. Con quien sí quedabais mucho era con Sam. Las pocas veces que nos habíamos encontrado las tres hacíais referencia a conversaciones que habíais tenido con Saíd y su amigo, el que vivía en la casita pegada al taller mecánico en el que trabajaba. Se llamaba Yamal y os dio por hablar de él sin parar. Que si era un

buen chico y tan distinto de los demás, un poco tímido pero divertido. Sam siempre lo alababa y tú: que
sí, que sí, que cómo podía ser que siguiera soltero.

Sam había empezado a trabajar en ese restaurante de la carretera de Barcelona. Estaba muy contenta
porque era una camarera de las que llevan camisa
blanca y chaleco negro, y me enseñaba lo bien que
se le daba llevar muchos platos a la vez. Mi padre,
al verla cuando venían a recogerla en coche para lle-
varla a trabajar, entraba en casa gritando. Subir al
coche de un hombre era lo peor que podía hacer la
hija de una respetable familia musulmana, sobre
todo si el que conducía era un desconocido, peor si
era cristiano. Mi madre se atrevía a decir flojito: qué
le importaba a él, que era la hija de otros y que para
qué se metía, pero entonces él elevaba el tono, porque
decía que todas acabaríamos igual y que él antes
muerto que vivir sin honor. Yo no estaba muy segura de si las clases particulares que daba algunas tardes atentaban contra su honor o no. En casa de una
de mis alumnas estábamos siempre solas ella y yo,
pero en la de otro niño más pequeño estaba también
su padre, que trabajaba en el turno de mañana. A
veces, mientras me pagaba o esperaba a que el niño
sacara los libros, me miraba fijamente como si no
hubiera visto nunca a alguien como yo o intentara
analizar lo que había de diferente en mí. Me hablaba
de los hombres marroquíes que había conocido, no
los llamaba moros, decía marroquíes o magrebíes.
A menudo me repetía la misma pregunta: ¿cómo
había hecho para integrarme? Aunque a esas cues-
tiones teníamos que responder a menudo, yo nunca

sabía qué contestar. Dentro del triángulo de la carretera, el río y la vía del tren nadie nos decía esas cosas. Puede que por eso tardamos tanto en salir del único lugar del mundo en el que no nos hacían sentir extranjeras, porque casi todos los de allí lo éramos o lo eran nuestros padres.

Nos vimos poco en realidad. Tú ya habías empezado a vestir novias los fines de semana. Trabajabas en una peluquería y seguías yendo a la academia algunas tardes. Cuando tenías un momento pasabas a ver a Saíd. A mí me parecía que eran muchas cosas, y tú me decías que éramos jóvenes y teníamos que aprovechar todas las oportunidades que nuestras madres no habían tenido. Como ellas no habían podido hacer nada, nosotras teníamos que hacerlo todo. O todo o nada. Yo me concentraba en los estudios, a pesar de la bola de petanca que notaba debajo del pecho todas las mañanas, los mareos al mediodía, vivir con el alma en vilo por dar las clases a escondidas y tener un compañero de mesa que me susurraba cosas al oído. Un día me grabó una cinta de canciones que le gustaban, baladas de heavy metal. Para empezar, me dijo. Entonces ya casi todo el mundo tenía reproductores de CD, pero en casa lo único que había era un equipo de radiocasete. Tú me regalaste un walkman que ya no usabas, y así podía escuchar la música que quería sin miedo a que entrara mi padre, a quien no le gustaba que escuchara a músicos cristianos. Al recordar ahora tus encuentros con Saíd me viene a la memoria una de esas canciones, una que hablaba de una pareja que quedaba a las cuatro y diez. La escuchaba sin parar deseando ese tipo de cotidianidad. Ni a ti ni a Sam os hablé nunca de esas canciones ni de todo lo que leía sobre el amor. Ni a vosotras ni a nadie. ¿Cómo le iba a contar a mi compañero de mesa heavy metal que me sabía a Bécquer o Neruda de memoria? Me habría tomado por una cursi. Ahora me arrepiento de no haber hecho nada para contagiaros mis gustos, tan raros que quería mantenerlos en secreto. Ahora creo que es más triste esconder lo bueno y lo hermoso que lo feo y vergonzoso.

Yo seguía con los lunes y las listas, pero no podíamos salir a correr, no teníamos tiempo. Estudiaba todo lo que podía y me decía que pronto podría irme. En el silencio del piso, cuando era de noche y no conseguía dormir, podía escuchar mi propia respiración y a menudo me imaginaba que cogía la puerta y huía. Así, sin más. Lo escribía a menudo en el diario, y aunque mi madre registraba siempre todo lo que había en casa, nunca pudo descubrir cómo me sentía porque no sabía leer.

No sé cómo fue que, un día que Sam hablaba del amigo de Saíd, a mí me entró un poco de curiosidad. Le pregunté si salía con él y se puso a reír. Es muy buen chico, pero no es mi tipo. Y fue como si me diera permiso para no sé exactamente qué; al fin y al cabo no lo había visto nunca. Lo único que sabía de él era lo que me contabais vosotras. Pero me lo imaginaba. Un día que iba andando hacia el barrio, ya había pasado las casitas con jardín cuando oí unos pasos detrás de mí. Vi a un chico no muy alto, ancho de espaldas y de cara. Los rostros anchos eran el súmmum de la belleza para mi madre. Cuando contaba lo guapo que era el hermano que tanto amaba y que echaba tanto de menos hacía un gesto con las manos enmarcando la cara como si fuera mucho más grande que la suya. Y llena. Un rostro ancho y lleno era lo más bello. El chico del camino no tenía la cara llena porque estaba muy musculado. Llevaba un chándal con una línea al lado. Ahora no sé muy bien cómo ocurrió, ya te digo que esos meses iba siempre con la cabeza muy turbia y el peso en el pecho y la bola en el estómago.

Os conté que me parecía haber visto al amigo de Saíd, y Sam se puso a reír. Mírala, y parecía una mosquita muerta. Y venga a preguntarme si había notado los aplausos en el coño. Yo me moría de vergüenza y le decía que no, que os lo contaba porque habría sido una coincidencia muy curiosa que de tanto hablarme vosotras del chico yo al final acabara encontrándomelo. Un poco como pasaba en algunas de las novelas antiguas que había leído en las que había parejas que se enamoraban a distancia.

Me lo saqué del pensamiento unos días, pero entonces tú diste ese paso tan importante. Bueno, tú no, Saíd, que vino a pedir tu mano. Me contaste que habías hablado con tus padres y a mí eso me parecía imposible, imposible que una chica como nosotras pudiera contarles a sus padres que había conocido a un chico y que quería casarse con él. Para las chicas que no eran moras la petición de mano era algo anticuado, ellas no pedían permiso a nadie para salir con alguien, pero en nuestro caso poder expresar nuestra propia voluntad era un gran avance. Pensé que era un poco raro que tú decidieras cumplir ese trámite, pero me convenciste de que era lo correcto, un modo de formalizar vuestra relación ante tus padres. Y también de celebrar vuestro amor.

La pedida de mano también acallaría los rumores que ya habían empezado a circular y que decían que estabas liada con un hombre soltero, que tú no lo eras, y con eso querían decir que ya no eras virgen. Encima era un chico muy guapo, joven y de buena familia que no pegaba nada con una mujer de segunda. Se lo oí decir a la Parabólica un día que merendaba con mi madre. No sé qué me pasó ese día. Yo, que callaba siempre ante esa mujer cotilla, le dije que más le valía ocuparse de sí misma y de su casa, y solté lo de «la que tenga una hija soltera en casa que no se dedique a criticar a las de los demás». Mi madre se mordía los labios y me pedía que me callara, qué mala educación la mía al hablarle así a la tía. Ya sabes que debíamos llamar tía a cualquier mujer de cierta edad, aunque fuera una prima lejana como la Parabólica.

Los cotilleos decían que habías estado casada y que por eso tu relación con Saíd fue todo un desafío: no solo salíais (usaban ese verbo que significaba andar juntos), sino que tú estabas divorciada y él no. Pero si no tenías más que veinte años, ¿cómo podías estar ya divorciada? Decían que eras una mujer de segunda mano. Yo observaba tus ojos intensos, tus pómulos majestuosos y para nada me parecías de segunda, todo lo contrario: para mí eras de una belleza tan rotunda que no podía entender que alguien pudiera considerarte inferior. Pero casi todas las mujeres moras del barrio pensaban lo mismo: que los chicos de primera como Saíd, guapos, de piel blanca y pelo negro y liso, solo pegaban con las chicas guapas y de primera mano. Las divorciadas se tenían que conformar con tipos feos y viejos, la clase de hombres que no quería nadie. Porque daban por hecho que todas eran repudiadas. Por eso empezaron a decir que Saíd estaba contigo por interés, para que le consiguieras los papeles. Daba igual que empezara a trabajar de forma legal muy pronto porque tenía la nacionalidad francesa. Cuando un rumor se difundía, la verdad acababa pareciendo mentira, y no había forma de que la gente cambiara de opinión.

Qué valiente fuiste al sentarte con tus padres para decirles que habías conocido a Saíd y que querías casarte con él. Puede que fuera un poco pronto para dar un paso tan importante, pero para nosotras, incluso con unos padres como los tuyos, las cosas iban a otro ritmo. Si os habíais gustado y él estaba dispuesto, ¿por qué esperar? Ya sé que luego nos dijimos muchas veces que habíamos ido demasiado deprisa, pero tampoco teníamos tantas opciones. Yo estaba demasiado fascinada por tu historia de amor como para escuchar la vocecita que me hablaba desde el fondo de la conciencia, la que se empecinaba en decirme que hacía muy poco que conocías a Saíd, que no sabías quién era ni habías tenido tiempo de ver todas sus facetas. Un noviazgo al uso para nosotras era algo imposible. Hicimos lo que pudimos, escoger rápido pero escoger, algo que era un privilegio. Saíd les gustó a tus padres, dijeron que parecía buen chico. Luego se hizo muy amigo de tu madre, que siempre se reía con él echando la cabeza hacia atrás y golpeándose el muslo mientras decía: Saíd, ya, Saíd.

VIII

Te lo pedí yo, ¿no? ¿No fui yo la que te pidió el número de teléfono de Yamal? Aún me sorprende que, siendo como era entonces, me diera por hacer algo tan atrevido.

Antes de dar ese paso te dije que quería aprender a fumar. ¿Te acuerdas? Tenía ganas de gritar, de sacarme de una vez el peso insoportable en el pecho, irme lejos. Como no podía, empecé con ese tipo de transgresiones más bien infantiles. A veces pensaba en hacerme la posesa, como Fatima. ¿Te acuerdas de ella? Había llegado con tres hijos, y al cabo de poco la abandonó el marido. Los sacó adelante como pudo, se puso a trabajar sin apenas conocer el idioma y aun así todo el mundo la criticaba en el barrio. Por ser una repudiada. Cuando ya no pudo más le empezaron a dar esos ataques en los que gritaba sin parar hasta que llegaba una ambulancia. Decían que estaba poseída, pero yo creo que estaba harta de soportar tantas cosas ella sola. Yo la comprendía muy bien. Casi todas las mujeres en las tres torres habrían podido sufrir ese tipo de ataques, pero estaban demasiado ocupadas criticándose las unas a las otras, formando ellas mismas parte de lo que nos asfixiaba.

Ahora no sé por qué me he acordado de Fatima, pero había días en los que quería hacer como ella y gritar hasta más no poder, hasta que de dentro me saliera ese magma pegajoso y candente que no me dejaba vivir. En vez de eso acabé pidiéndote el número de teléfono de Yamal. A veces tomas las decisiones que acaban marcando tu vida sin darles demasiada importancia. Yo solo era una chica de instituto que se interesaba por un hombre del que le habían hablado unas amigas, nada más. En ese momento era imposible imaginar que dar ese paso tendría las consecuencias que luego tuvo. Yo no era más que una cría. Madura para mi edad y todas esas cosas que me decían desde que era pequeña, pero confundida y desorientada, aturdida por todas esas presiones y prisiones.

Por eso te llamé un día, porque la lava que hervía dentro de mí parecía estar a punto de desbordarse. Mi madre me repetía: que si está a punto de llegar, que si me veía en tu coche volveríamos a tenerla, que si es que quería reventarla, que si quería matarla con tantos disgustos. Vuelvo enseguida, solo voy a la biblioteca a buscar unos libros. La biblioteca era la excusa para todo. Nada más sentarme en tu Mercedes color crema ya empecé a sentirme algo aliviada y te pedí que compraras tabaco, que quería aprender a fumar. No era algo que me atrajera especialmente pero parecía que esa era la forma de rebelarme. ¿No lo hacían todos en el instituto?

Tú no fumabas, pero entraste por mí en el estanco y después nos fuimos a un aparcamiento a las afueras de la ciudad. Nos sentamos en la acera y encendiste un cigarro. Te miré mientras aspirabas para que calara el fuego y luego, en un gesto típico de quien ha sostenido más de un cigarro, me lo pasaste. Yo me hice la atrevida intentando copiarte, pero pronto me atraganté con el humo y empecé a toser. Encima, el filtro me había dejado un gusto desagradable, y aunque quería rebelarme de esa forma tan típica y tonta, no supe hacerlo. Era una rebelión impostada y superficial que en realidad nada tenía que ver con lo que nos encorsetaba.

Lo único que conseguí fue que te rieras con mis intentos de tragarme el humo. Y de repente me entró un miedo estúpido y te rogué que por favor no le contaras nada a nadie. Siempre estaba pidiéndote que me guardaras secretos, secretos de cosas de lo más inocentes. Nena, me decías, nena, ¿cómo quieres que cuente yo nada? ¿Es que no me conoces? Y ese día me miraste como no me había mirado nunca nadie y me embargó una gran calidez. Me dieron ganas de abrazarte allí mismo. Te sentía más cerca de lo que había estado jamás de nadie, con la goma elástica que me tiraba fuerte hacia ti. Como estábamos sentadas de lado, podía notar el calor de tu muslo junto al mío, y de vez en cuando tu brazo y el mío se rozaban ligeramente. Miraba tus labios cuando hablabas todas nuestras lenguas sabiendo, como sabías, que podías ir cambiando de una a otra tantas veces como quisieras porque yo podía entenderlas todas. Por eso, entre frase y frase siempre soltabas un *uallah* o un *ej*, incluso un *tfu* o un *tes*, algo que decías mucho.

Al fin me atreví a preguntarte por tu vida anterior. Me contaste que te habías casado a los dieciséis años con un primo que te habían escogido tus padres. Lo mencionaste como si fuera algo que le hubiera pasado a otra persona, exhalando el humo, con la vista fijada en un punto cualquiera. Se portó muy mal conmigo, añadiste. Pero ya se acabó, eso es historia. No quise pedirte más detalles, el dolor que había en tu rostro, y lo que callabas, era algo que yo estaba muy lejos de poder comprender.

Me moría de ganas de sacar el tema que llevaba días ocupándome el pensamiento: preguntarte por el amigo de Saíd, tal vez quedar con él. Pero seguí sin atreverme y en vez de eso intenté averiguar hasta dónde habíais llegado tú y Saíd. Ya no tenemos edad para morrearnos o sobarnos por encima de la ropa, me dijiste, y yo te miré con sorpresa. Venga ya, no me jodas. Claro, tú no tenías que preservar tu virginidad, ya la habías perdido, y entendí allí mismo que eso te hacía mucho más libre. La mierda de la virginidad siempre, cuidado con no saltar, no correr, que ni hablar de tampones o abrirte de piernas en gimnasia. Nada de spagats ni de saltar al potro. La profesora de gimnasia de primaria no entendía que yo no pudiera saltar al potro, que cogiera carrerilla y justo cuando estaba a punto de apoyar las manos frenara en seco. Sí que sabía que si no hacía natación era porque mi padre fue a decirles que no podía por motivos religiosos. La directora discutió con él, pero no sirvió de nada. En el instituto quise ahorrarme ser motivo de risa por parte de mis compañeros y me inventé que tenía una enfermedad. Así fue como estuve muchos años sin saber nadar. En vez de aprender a nadar hice un trabajo escrito que me quedó muy bien. La teoría me la aprendí al pie de la letra, te podía recitar de memoria las características de cada estilo, pero que nadie me pusiera en el agua.

Tú y Saíd habíais ido a un pueblecito pequeño y bonito donde habíais comido y luego habíais conducido hasta un bosque. Pero no lo haré más, me dijiste, no me gusta. Después me siento mal. No te entendía muy bien entonces: si ya no tenías que preservar la virginidad, ¿qué problema había en hacerlo con el que sería tu marido? No sé, prefiero esperarme.

Luego me contaste que le habías dejado las cosas claras sobre el tipo de matrimonio que querías y que no tenía nada que ver con los de antes. Que trabajarías, que seguirías con el negocio de vestir novias y a lo mejor abrirías una tienda de dulces, que alquilaríais un piso en el centro de la ciudad porque, aunque querías estar cerca de tu madre, en el barrio no se podía vivir. Que sabías que a él le gustaba tomarse su café en el bar de la plaza porque había hombres con quienes podía hablar nuestra lengua, pero que allí no viviríais. Que pagaríais los gastos a medias, y él te había dicho de broma que si erais amigos o qué. A medias todo y, por si no le había quedado claro, le dijiste que no te taparías nunca. Que después de casaros seguirías vistiendo como ahora, que no te viniera luego con cambios raros pidiéndote que te convirtieras en lo que no eras. Que lo pensara bien porque, si no estaba conforme, ya podía olvidarse de ti. También que se lo contara a su familia de Marruecos, que sabías muy bien que a veces los hombres tienen más miedo de las madres que de lo que les dicen las esposas. Tú entendías que tenía que mandarles dinero, pero que sería su dinero, porque ya estabas harta de ver cómo tus padres se mataban a trabajar y luego no podían ahorrar para la entrada de un piso, ya que cada mes, sí o sí, tenían que enviar dinero a unos abuelos, a los otros, a los hermanos de tu padre, a la hermana de tu madre y a no sé quién más. Que no estabas dispuesta a aguantar el chantaje emocional que os hacían los que se habían quedado en el pueblo porque nosotros vivíamos fuera y en el extranjero parece que el dinero te cae del cielo. Todo se lo dijiste el día que os fuisteis al bosque. Tenías tanta fuerza y tantas ganas de cambiar las cosas que en ese momento pensé que a lo mejor sí que lo conseguirías, que podrías transformar a ese hombre educado por una madre como las nuestras en un hombre nuevo.

Sonreías complacida cuando me dijiste que a todo había dicho que sí, y que no sabías si era porque estaba tan pillado que aceptaría cualquier cosa, pero que había dicho: ¿por quién me has tomado? ¿Por uno de esos inmigrantes que acaban de llegar con sus pantalones de tergal de los setenta y que han pasado del burro al avión? Que él había nacido en el pueblo, sí, pero se había criado en Francia. Que le habrías caído del corazón (esa expresión que significaba que alguien que te quería de repente dejaba de hacerlo porque le habías decepcionado) si le hubieras propuesto ser una mujer antigua como esas vacas que no sabían hacer otra cosa que limpiar y cocinar.

Fue entonces cuando te pregunté por Yamal. Sin Sam cerca podía hacerlo sin que pareciera que estaba interesada en él. Aunque Sam siempre decía que preocuparse por los chicos era lo más normal en las chicas de nuestra edad, yo no me fiaba mucho de ella. No por mala fe, sino porque era tan espontánea que se le podía escapar, y, por mucho que se lo explicara, ella no entendía que a mí me iba la vida en ello, en su capacidad de guardar mis secretos. Pero el día en que tú y yo estábamos allí solas sentadas en la acera, yo empecé a abrir una compuerta que no sabía muy bien hacia dónde me llevaría. Durante años he creído que todo lo que me pasó después fue culpa mía por el simple hecho de haberte preguntado por él. Me contaste que Saíd lo conocía del pueblo, que había venido solo cuando era muy joven y se había tenido que espabilar, y que trabajaba en el taller mecánico. Me dijiste que no había tenido mucha suerte en algunas cosas, pero que no se metía con nadie. Yo te iba interrogando: edad, aspecto físico, altura, familia. Sin darme cuenta te estaba convirtiendo en una de esas alcahuetas que iban de casa en casa y hacían descripciones de los pretendientes y se llevaban fotografías de la chica soltera para proponerla.

Y de repente lo soltaste: Saíd no había querido darle detalles, pero a su amigo yo le interesaba. Luego, cuando lo pensé, no acabé de entenderlo: ¿cómo sabía quién era yo?, ¿qué habían hablado de mí? No entendí nada, pero hice como que todo era normal y te pedí su número de teléfono. O que me llame él. No, no, que a casa no puede llamar.

No sé muy bien cómo hice para bajar un día a la cabina, una cabina que aún era de las cerradas y con unos botones que tenías que apretar muy fuerte. Creo que colgué la primera vez que cogió el teléfono y escuché su voz. Estoy segura de que me temblaba la voz, el cuerpo y sobre todo el vientre, porque ahora sí que dejaría de ser una buena chica para saltarme todas las normas. Hablar con un desconocido, encima un moro que, si la cosa no salía bien o incluso si salía bien, se lo contaría todo a todo el mundo. Además era yo, una chica, la que lo llamaba. Lo que rompía una de las normas de las series de televisión y de las revistas femeninas, que decían que quien tenía que llamar primero debía ser él. Que nosotras teníamos que esperar, siempre esperar. No sé cómo pude hablar, con tantas cosas en la cabeza. Cómo pude sobreponerme a ese montón de reglas absurdas para hacer algo tan sencillo como hablar con un chico con quien a lo mejor podía tener algo. Ahora lo pienso y me pongo triste. Ya no siento rabia ni culpa, la rabia y la culpa me las quité de encima hace tiempo, pero la tristeza no, porque ese fue mi primer enamoramiento real, no platónico. A los diecisiete años, una primera vez tendría que vivirse con alegría y no con ese peso enorme que me hacía sentir tan vieja.

Colgué varias veces antes de que cogiera la llamada, pero al final, conteniendo la respiración y mirando a mi alrededor para asegurarme de que no había nadie, esperé hasta escuchar el tono metálico de su voz. Eres tú, dijo, sé quién eres, eres tú.

IX

Ahora, cuando tengo que recordar aquellos tiempos, no puedo hacerlo sin notar un nudo en el estómago. Intento volver a sentir la alegría, la ilusión y la esperanza de entonces, pero cuando cierro los ojos y me traslado al principio de lo que sería un tiempo nuevo, el cuerpo se me rebela como si aún quisiera extirparse lo que vino después. Lo hablé mucho contigo en su día, me mortificaba por haberme dejado engañar por un espejismo, una imagen ideal de Yamal que, por otro lado, hubiera podido proyectar en cualquier otro hombre. Tú, como siempre, me devolvías a la lógica de lo real: no eres responsable, me insistías, de lo que haga otro. Pero ¿confiar no había sido un acto de ingenuidad e irresponsabilidad por nuestra parte? Desoí las advertencias de mi madre y ese día gris marqué el número de teléfono de un desconocido. Y, porque tomé una decisión, durante mucho tiempo creí que tenía que asumir sus consecuencias.

Nos encontramos por primera vez cerca del instituto. Buscamos un sitio que nos ocultara de las miradas de los desconocidos, y justo enfrente había un polideportivo con una entrada que quedaba fuera de la vista de los coches que pasaban por la carretera. Era, sin duda, lo más arriesgado que había hecho nunca, aunque los transeúntes con los que me cruzaba no veían más que una chica de instituto normal y corriente andando por la calle. Cuando terminaban las clases y salía de las paredes protectoras del centro, me iba corriendo con la mirada fija en el suelo, intentando no hablar con chicos. Algo que no era fácil porque era raro estar con ellos dentro de las aulas y que una vez fuera, de repente, los evitara. Ni siquiera los saludaba. Ni siquiera tú podías comprenderlo, porque yo no quería contarle a nadie cómo era mi padre. Me daba vergüenza. Como si, de alguna forma, como hija suya fuera un poco responsable de lo que él hacía. Los chicos de mi clase me tomaban por arisca o por tímida o por rara. Simpática cuando estábamos dentro, cabizbaja cuando estábamos fuera.

Mi padre a veces se presentaba sin avisar con la furgoneta para llevarme a casa, para darme una sorpresa, pero más que una sorpresa era un susto. Encima había días en que yo tenía que dar las clases particulares a escondidas, y si me lo encontraba esperándome, no podía decirle que tenía cosas que hacer, así que subía en silencio a aquella furgoneta tan alta. Mi padre siempre conducía furgonetas nuevas porque le gustaba cambiarse de coche cada dos años, y cuando casi había terminado de pagarlo se iba al concesionario y lo cambiaba por otro. Recuerda que eran los tiempos en que se construía sin parar y parecía que se seguirían haciendo más y más bloques de pisos para siempre. Fue por la construcción por lo que a nosotras nos tocó crecer aquí y no allí abajo, en el pueblo.

Aquel primer día intenté ahuyentar los pensamientos que me recordaban a mi padre parado frente al instituto, apretando la mandíbula, escudriñándolo todo con su mirada furtiva. Me vino a la mente su imagen y me la sacudí de encima. También apareció la de mi madre preparando *remsemmen* en la cocina, haciendo rodar la masa sin parar hasta conseguir que se volviera elástica, estirándola después con los dedos hasta que se hacía transparente pero sin romperse. Y aunque estábamos en noviembre, cuando me venía su imagen la veía secándose el sudor de la frente. Siempre en silencio. Y entonces me daba cuenta de que no había reflexionado nunca sobre lo que pensaba mi madre. Pero también la borré de mi cabeza, porque si hacía caso de ambas imágenes, no podría ir hacia la derecha y habría tenido que ir a la izquierda para volver a casa corriendo. Di todos los pasos hasta el polideportivo con la sensación de que no me circulaba la sangre, con el pulso acelerado y como suspendida en el aire. Toda yo no era otra cosa que la sangre.

Y allí estaba él, sentado en la barandilla de hormigón. Lo primero que vi fue que también apretaba la mandíbula. Era enjuto de carnes, con la piel pegada al músculo. Tenía un par de hoyuelos en las mejillas. Cuando me acerqué a él me llegaron todos sus olores: uno de tabaco raro, otro de ese desodorante tan fuerte para hombres que en los anuncios decían que ligarías más si te lo ponías, y, a pesar del desodorante, un poquito de olor a sudor. Sudaba, de hecho. Y otro hedor que me provocó náuseas: el del aceite de coche y gasolina. Después me contó que por mucho que se lavara no había forma de quitárselo. Que se había acostumbrado a él, y tú también te acostumbrarás, dijo. No ese primer día pero más adelante, cuando ya teníamos algo más de confianza, dijo: ya te acostumbrarás.

Había leído tanto sobre el primer beso, lo había soñado tanto al imaginar los encuentros con todos aquellos amores platónicos... Mi colección de besos ideales con desconocidos que no llegaría a conocer jamás era infinita. Todo era lento y tierno y mirarte a los ojos y expresar lo que sentías sin decir nada. ¿No afirmaban los trovadores que el amor estaba en la mirada? Acercarte poco a poco para oler al otro antes del momento en que se tocarían nuestros labios, sentir la calidez de su aliento. Que el beso fuera el encuentro de los cuerpos pero no solo eso, porque el cuerpo éramos nosotros y así nos uníamos con todo, con la carne y la sangre, el pensamiento y nuestro ser más profundo. Sam se habría burlado de mí si hubiera descubierto que era tan romántica, y tú me habrías dicho que un beso es un beso, que no hay que darle tantas vueltas.

Quisiera recordar ese primer contacto de nuestros labios, quisiera recuperar el instante preciso, pero no puedo. No porque no quiera volver a pensar en Yamal, sino porque el momento de la espera, acercarnos despacio, aguantar la respiración para dar un paso tan importante, ese instante no existió nunca. No hacía ni cinco minutos que nos habíamos saludado y él ya me estaba contando que hacía tiempo que se había fijado en mí y que yo no le había hecho ni caso. No es verdad, le dije, yo no te he visto nunca. Aún no habíamos aclarado ese punto cuando, de repente y sin que tuviera tiempo de entender lo que estaba pasando, me metió la lengua bien adentro. Pastosa y tibia, con regusto a tabaco y café amargo y olor a gasolina, y yo pensando en mi padre en la furgoneta, mi madre en la cocina, el chico de pelo rubio que se iba siempre sin mí porque yo huía corriendo cuando salíamos a la vez para no tener que hablarle fuera del instituto.

Fue así, no me lo invento. Me invadió con su lengua y yo me quedé paralizada. Pensando: esto es, esto es lo que has deseado durante tanto tiempo. Si no te gusta, te aguantas, eres tú la que lo ha buscado. Le has llamado, has quedado con él, quieres gustarle. Te gusta gustarle, y el resultado de tu vanidad es esta lengua que se desliza entrando en tu cuerpo por donde nunca nadie antes había entrado. ¿No era esto lo que querías?

No, no lo era, pero entonces no me daba cuenta. Me obligué a quedarme quieta recibiendo esa humedad tibia como pendiente del desenlace de una historia. También porque no tardé nada en notar la excitación, un caballo desbocado, los aplausos del coño que decía Sam, aplausos que en realidad no dependían de si él era de mi agrado o no. Por muy repugnante que me hubiera parecido su tacto o su olor, mi cuerpo no quiso saber nada de mis gustos y pareció tener vida propia, una voluntad ajena a la mía. La lava que durante tanto tiempo sentía a punto de desbordarse ahora emergía con toda su fuerza, y de repente estaba allí, con un desconocido, queriendo sorberlo todo, penetrando yo también en su boca, indagando en la textura de su carne, sintiendo cómo algunas partes de mi cuerpo reaccionaban a la torpeza de sus manos. Se rompió todo lo imaginado, allí mismo se acabó la infancia.

Quiso hacerme un chupetón en el cuello. ¿Te acuerdas de que te lo conté? Le dije que no, que en mi casa me lo verían. Entonces contestaba que vale, vale, y le salía esa risita de niño travieso, pero al cabo de un rato estaba otra vez chupándome el cuello como si fuera un vampiro.

Ahora lo cuento entendiendo lo que pasó, pero entonces estaba hecha un lío: lo que sentía, lo que me notaba por el cuerpo, lo que quería en realidad, los pensamientos que ahogaba su lengua y mil historias se acumulaban en mi mente. La excitación no me dejaba pensar ni sentir o me metía en la cabeza ideas e imágenes que no sé si eran mías en realidad. De repente era como estar hecha de piezas, como estar desmontada, y creí que ese desorden de trozos que no encajaban era mi deseo. Pensaba en ti y en Saíd, que conocíais a Yamal y sabíais cómo era. Si tú me decías que era un buen chico, seguro que lo era. No quise escuchar la vocecita que me decía que en realidad tú no sabías nada sobre él, que de hecho ni siquiera sabías mucho sobre tu propio prometido.

No teníamos a nuestro alcance otras formas de relacionarnos con hombres, no podíamos escoger libremente como hacían las chicas de mi instituto, salir o tener rollos de fin de semana en medio del ensordecedor chumba-chumba de las discotecas. También por eso me convencí de que aquello era lo que quería: ser joven, libre y moderna, lo cual significaba que no podías hacerte la estrecha, y que te diera asco que te metieran la lengua dentro de la boca antes de lo que esperabas era sin duda prueba de una mojigatería nada moderna, nada guay.

Cuando te conté nuestro primer encuentro lo hice exaltada, dándote todo tipo de detalles sobre lo que me había dicho, detalles que confirmaban que yo le gustaba. Me parecía tan raro gustarle a alguien que me sentí como si me hubiera tocado la lotería. Un chico como él, guapo y con las carnes enjutas, deportista como no lo habían sido nuestros padres, de piel más bien clarita. No sé de dónde saqué que era más difícil gustarle a un hombre de piel clara que a uno de piel oscura. Y con una mentalidad abierta. Ese primer día ya me dijo que él no era como los demás, que creía que nuestra cultura estaba atrasada y que ya era hora de cambiar las cosas. Tenía un acento extraño. No el marcado de nuestros padres, que confundían tantos sonidos, las es y las íes, las úes con las oes, pero tampoco hablaba como nosotras. De vez en cuando se le escapaba alguna de esas características del hablar moro, pero solo de vez en cuando. ¿Te acuerdas de cuando Sam, tú y yo nos reímos imitándolo? Gesticulábamos de un modo exagerado, imitábamos los sonidos equivocados y las inflexiones en las frases propias de nuestra lengua, y si alguna vez había a nuestro alrededor personas que nada tenían que ver con nuestro contexto, se incomodaban. Nos decían que era una falta de respeto, incluso algo racista. Entonces Sam les hablaba en rifeño.

Yamal me contó que había llegado con dieciocho años, hacía diez, y que había vivido en un pueblo pequeño. Entonces, no sé si te acuerdas, no tenía problema alguno con comer cerdo o beber alcohol. Decía que no se relacionaba mucho con los de nuestra raza —también decía raza—, que ya sabes cómo son, y que tenía amigos de todas partes. Me dijo que el bar que le gustaba era uno muy alternativo al que iban todos los del instituto, todos los jóvenes de la ciudad se tomaban allí unas cañas el viernes por la noche.

Y de repente me encontré teniendo que esconder todos mis encuentros con él. Nos veíamos en el polideportivo o en el local de comida rápida un poco escondido que había frente a la biblioteca. Allí había otras parejas adolescentes morreándose. Yo entraba por una puerta y él por otra, y nos sentábamos en la mesa del fondo, en unos bancos de madera que hacían esquina, tan duros que acababa con el culo como corcho. Escogimos ese sitio porque estaba escondido, pero también porque no lo frecuentaban musulmanes. Nos convertimos en expertas en saber por dónde se movían, ¿te acuerdas? No poder movernos por el mundo porque ellos estaban en él, no poder entrar en un barrio porque allí eran mayoría, no poder hablar tranquilamente con nadie porque estaban por todas partes. Por eso no se me quitaba el peso del pecho, porque no podía sentirme libre entre quienes nos dijeron que eran «los nuestros» y porque entre los «otros» era completamente invisible. Habíamos vivido siempre así, esquivando el control como podíamos y a veces quejándonos de la vigilancia permanente por parte de aquellos con quienes compartíamos origen. A todo el mundo le parecía normal que, por el simple hecho de compartir la misma procedencia y religión, los hombres tuvieran derecho a seguirnos por la calle, a decidir por dónde podíamos ir y por dónde no, y con quién podíamos hablar y con quién no. Yo todo lo tenía prohibido por mi padre, que ya sabes cómo era, pero a ti y a Sam, que teníais familias de costumbres más relajadas y mentalidad más abierta, también os criticaban si descubrían que hacíais algo prohibido. Salir de casa para algunos ya era una transgresión. Y cuando estábamos fuera y podían vernos, se dedicaban a fijarse en la ropa que llevábamos, en nuestra forma de andar, en si hacíamos o no ruido con los zapatos de tacón. Ni tomarte un café tranquilamente podías.

¿Te acuerdas del día en que Sam se tomó una caña en un bar del centro? Ella hacía lo que quería, tenía la suerte de que tanto sus padres como sus hermanos no prestaban demasiada atención a lo que decía la gente. Y no pasaba nada. No se hundía el mundo, porque de hecho la gente ni te daba de comer ni te sacaba de apuros, se metían en la vida de los demás únicamente para no tener que ocuparse de las suyas. Y para frenarnos, claro está. Entonces no nos dábamos cuenta, pero éramos las primeras del pueblo en ir a la escuela, en salir de casa todos los días, en trabajar por un sueldo, en casarnos más tarde, en pisar las calles como si tuviéramos el mismo derecho a hacerlo que ellos, y eso a muchos los ponía muy nerviosos. ¡Qué hartón de reír cuando Sam nos contó lo de la caña! Se le había acercado un chico del barrio y le había dicho que iría al infierno. Y ella: ah, ¿sí? Pues allí te espero, guapo. Él, enfadado, amenazó con avisar al hermano mayor de Sam o a su padre, y ella le preguntó por qué no hacía lo mismo con el resto de las mujeres que había en el bar, por qué a ellas no les decía nada, y contestó que las demás no eran de las «nuestras», no eran musulmanas. Fue entonces cuando Sam se levantó y le metió una bronca sin dejarle decir ni mu: que ella no era de nadie y aún menos de un camello muerto de hambre como él, tan mal camello que se metía la mierda con la que traficaba. Que qué lecciones le quería dar un delincuente de poca monta y que, si no se largaba, iba a llamar a la policía y veríamos quién entraba en el infierno.

Yo os admiraba y envidiaba porque os plantabais. Sin haber leído tantos libros de feminismo como yo, sin tantas teorías, erais las mujeres más feministas que había conocido. Para vosotras se trataba de algo muy simple: lo único que estabais defendiendo era vuestro derecho a ser y estar en este mundo sin dar explicaciones, el derecho a tomarte una caña en un bar sin tener encima a un delincuente convertido en policía islámica. Lo único que hacíais era defender vuestra propia libertad.

Yo me moría de ganas de tomarme un café o un té en un sitio agradable, con música de fondo y esa niebla de humo que hacía que los cafés fueran acogedores. Leyendo o escribiendo o conversando tranquilamente con amigos. No aspiraba a nada más que a este tipo de cosas completamente prescindibles pero absolutamente necesarias, banales, poco importantes. Pero no podía arriesgar mis estudios transgrediendo las normas por cosas que no fueran importantes. Bastante tenía con entrar cada semana en casas de desconocidos para enseñarles ortografía o a escribir comentarios de texto.

Por eso, cuando estábamos en ese local y él me metía la lengua, aparte de las náuseas y la excitación, sentía añoranza de una vida que no había vivido nunca. La vida de conocer el primer amor en condiciones normales, con libertad de movimientos, sin ese desasosiego constante ni la sensación de andar al filo del abismo.

Mis primeros encuentros con Yamal coincidieron con los preparativos de tu boda. Tú seguías incansable con todas tus actividades. Habías adelgazado mucho. A veces, cuando nos encontrábamos me quedaba atrapada en tu figura esbelta, grácil, como desplazándose sin esfuerzo. El pelo liso y oscuro hasta la cintura, zapatos de tacón imposibles para mí.

Te concentraste en buscar piso con Saíd. Lejos del barrio, como habías dicho. A mí me aterraba la idea de que te fueras, de no tenerte cerca. Comprabas cosas y las guardabas en tu habitación. Tu madre te decía que no gastaras tanto, que a lo mejor no hacía falta tener una casa tan bien equipada con todos esos aparatos de cocina. Tampoco con esas aspiradoras de último modelo, lo bastante potentes para limpiar las alfombras gruesas que te hacías traer de Marruecos. Estabas siempre atenta a las ofertas y habíais encargado los muebles incluso antes de tener el piso.

Entonces nos veíamos más bien poco. Yo tenía mucho que estudiar, era el último año antes de la universidad. Y las clases particulares. Y los encuentros a escondidas con Yamal. Y toda la angustia de tener siempre la bola de petanca bajo los pulmones, los mareos y la sensación de falta de aire.

Y de repente algo cambió en el modo en que me mirabas cuando te contaba las cosas que me decía el amigo de Saíd y yo te confesé que no podía más, que quería hacerlo. Quería liberarme de esa cosa pegajosa que tenía entre las piernas y que todo el mundo nos decía que teníamos que guardar, deseaba perderla para siempre. Un día estábamos hablando del tema, de mis planes de ir a verlo a su casa, y tú pusiste la cara que pones cuando sabes algo pero no te atreves a decirlo. Te pregunté: ¿qué, qué pasa?, y no quisiste contármelo. Me dijiste que antes de hacer nada lo mejor era que hablara con él. Que había algo importante que yo tenía que saber antes de tomar esa decisión. Pero que tú no podías contármelo.

X

Se me hizo familiar, eso es lo que pasó. Puede que, si pudieras responderme, me dirías que no, que no fue eso, porque yo te contaba a menudo que estaba muy enamorada. Que no había conocido a ningún hombre como él. Al contrario de los sermones atronadores de mi padre, de sus gritos y su cólera, Yamal hablaba en voz baja, y a veces incluso me costaba oír lo que decía. Veía en él lo opuesto a mi padre: no hablaba nunca de religión, no le importaban ni el honor ni la reputación. Incluso detalles de lo más superficiales como que me contara lo que cocinaba, algo impensable en hombres de la generación de nuestros padres, me seducían. Eran indicios, nada más, informaciones puntuales que no demostraban su verdadero carácter, pero me bastaban, yo unía esos puntos para trazar un dibujo ideal, a la medida de lo que entonces necesitaba.

En un barrio en que los chicos se hacían traficantes cuando terminaban la primaria, él era un ejemplar preciado. Él y Saíd. Hombres que no daban problemas, que no habían pasado por prisión. No se drogaban, no salían de fiesta, no perseguían a las chicas por la calle, no vendían ni robaban, no se peleaban con los que no eran moros. Y no querían controlarnos ni someternos. Esta era la gran novedad, y por eso nos ilusionamos tanto, porque nosotras éramos mujeres nuevas que veíamos nacer a hombres nuevos. Estábamos convencidas entonces, no nos cabía la menor duda de que todo era posible, de que progresábamos de verdad y que el progreso era irreversible. Seríamos nosotras las que conseguiríamos transformar el mundo cambiando nuestros destinos, haciendo compatibles las costumbres de nuestras familias con nuestros anhelos de modernidad. ¿Por qué no? Sí, nos enamoramos de Saíd y Yamal, pero también del futuro que con ellos esperábamos construir.

Me propuse perder la virginidad por Navidad, no podía aguardar más. Pero te hice caso y hablé antes con Yamal. En el local de comida rápida, cogiendo aire entre besos, lo miré y temblando por dentro, como con miedo a descubrir lo que no quería saber, le pregunté si había algo que tenía que contarme. No, nada, lo que ves es lo que hay. ¿A qué viene esta pregunta? De repente, su expresión cambió: dejó de sonreír, la mirada se le oscureció, cruzó los brazos sobre el pecho mientras sostenía un cigarrillo, apretó la mandíbula. De repente no estaba. Yo sentí pánico y culpa por haberlo perturbado de ese modo, por provocarle el dolor que reflejaba su rostro. Le pedí que me perdonara, le supliqué durante un buen rato por miedo a que me dejara, pero también porque, si me dejaba, se rompería nuestro pacto de mantener en secreto la relación y podría contarle a todo el mundo que había estado conmigo, y eso sería el fin. No se puede amar con miedo, no se puede querer libremente cuando una lo arriesga todo y el otro nada.

En el fondo creíamos que Saíd y Yamal nos hacían un favor escogiéndonos. Yo, porque estaba convencida de que no era digna de ser amada. Tú, porque, a pesar de los discursos que pronunciabas sobre el matrimonio y las relaciones de igual a igual, te habías acabado creyendo que eras una mujer de segunda por estar divorciada y por no ser virgen.

No hubo forma de sacarle nada. Nos despedimos, y él ni siquiera me miró a los ojos. Luego descubrí que era un modo muy sutil de castigar a alguien: retirarle la mirada. Me encontré contigo y con Saíd en el piso que habíais alquilado en el centro. Todo reformado y nuevo, con una cocina moderna que no daba mucho trabajo y una nevera combi. ¿O la nevera la compraste tú después? Lo que recuerdo es el mármol de la encimera, brillante, con una ligera capa de polvo que no tardarías en limpiar y los techos de altura normal que parecía que permitían respirar mejor. Cuando tuvierais el piso montado os casaríais, me dijiste. Antes os iríais al pueblo para arreglar los papeles y para conocer a la familia de Saíd.

Allí de pie Saíd me preguntó si ya había hablado con Yamal, y tú le dijiste que no se metiera, que era asunto nuestro. Y Saíd: que no, que era muy buen chico pero que a veces le costaba afrontar las cosas y ya era hora de que diera la cara. Tú te quedaste callada. Solo pregúntale una cosa, me dijo Saíd, pregúntale si es soltero o no. Entonces me vino una especie de mareo que me nubló la vista, y de repente no veía nada. El mismo mareo de cuando pasaba mucho tiempo sin comer, el mareo de cabeza y de vista, pero también de náuseas como si estuviera a punto de vomitar aunque al final no lo hiciera. Le pedí que me lo contara él, porque era imposible sonsacarle nada a Yamal: él no quería, pero su padre había decidido casarlo. Era joven entonces, al principio de haber venido aquí, que ya sabes cómo es la gente en el campo, que enseguida quieren que te cases. Él no quería, pero los padres insistieron mucho, la madre lloraba sin parar e incluso se puso enferma. Al ver que su madre sufría acabó cediendo, aunque enfadado, y dijo que jamás sería su mujer: os la dejo a vosotros, yo no la quiero para nada. Y así había sido. Se había casado y había dejado abandonada a la chica en casa de los padres de él, sin preocuparse nunca por mandar dinero ni nada. De hecho, no había vuelto nunca más al pueblo y hacía años que no veía a sus padres.

Cuando fuimos hacia el barrio en tu coche me contaste la parte de la historia que no me había contado Saíd: que la noche de bodas la chica no había sangrado y Yamal había dicho que no solo era una esposa a la que no había escogido, sino que además estaba estropeada y era de segunda mano. En el pueblo todo el mundo conocía esa historia, me dijiste. Cuando vio que no era virgen quiso poner el grito en el cielo y devolvérsela a su familia, tal como era costumbre en estos casos, pero sus padres intentaron convencerlo de que más le valía no montar un escándalo, que era una pobre chica, que todos podemos cometer errores, que cuál sería su destino si la repudiaba. Yamal no entendió la actitud de sus padres, que no les importara su honor. Hasta que un amigo le contó lo que todo el mundo sabía menos él: que la chica en cuestión no era virgen porque quien la había estropeado era el padre de Yamal, y por eso le habían montado esa farsa de boda, porque si se descubría quién había desgraciado a la hija de otro, lo podían denunciar y estaría obligado a casarse con ella. Y la madre no estaba dispuesta a aceptar a una segunda mujer. Por eso habían pensado que la chica sería perfecta para el hijo que vivía en el extranjero. ¿Qué mejor recompensa para una mujer que había perdido la honra de ese modo, sin tomar las precauciones necesarias para protegerse de los hombres?

Me lo contaste mientras conducías y a mí de repente el paisaje me pareció de cera, sin colores, estático. Sentía una punzada en la cabeza, como si me la hubieran partido con un hacha. Pero es buen chico, me dijiste, solo que tendría que solucionar ese tema.

Me salté las clases para poder visitar a Yamal en su casa. Cogí la mochila como si fuera al instituto. Me acuerdo de todas las veces que engañé a mi madre. Cuantas más mentiras le contaba, menos kilos me permitía pesar, mayores tenían que ser las privaciones a las que me tenía que someter y más extenuantes las sesiones de ejercicio en mi habitación. Como un castigo o un modo de purgar todas mis transgresiones. Las modelos en las revistas decían que había que beber mucha agua: el agua era el secreto para que no crecieran sus escuálidos cuerpos. Se equivocaban, era mucho más efectiva la culpa. Tener novio a escondidas, engañar a tu madre aprovechándote de que era analfabeta y no conocía bien el mundo en el que vivía porque estaba siempre encerrada.

Lo avisé de que iba a ir temprano por la mañana. Cuando estaba cerca del taller me llegó el olor a gasolina y grasa. Te acostumbrarás, me decía, acabarás acostumbrándote y al final ni lo notarás. Él llevaba la ropa de trabajo, y después de entrar en la casa me dijo: espera un momento, y se fue a duchar. El techo y las paredes eran de cemento y no estaban enyesadas ni pintadas. Había humedades en algunos rincones. Me hizo pasar a una habitación que tenía una estufa y un colchón delgado de espuma en el suelo con mantas de esas estampadas. Fuera hacía un frío que calaba hasta los huesos y me obligaba a encogerme aún más sobre mí misma. El fuego crepitaba de un modo ensordecedor. Si me ponía lejos de la estufa, tenía frío y notaba la pared húmeda en la espalda helándome la carne, pero si me acercaba, me quemaba las mejillas y las manos. Y seguí con la espalda helada. Me dijo que me sentara y me trajo un café con leche. Lo hacía como mi madre: el café y la leche y el azúcar todo junto. Cogí el vaso como pude para no quemarme. Estaba tan dulce que sentí náuseas y un mareo, y de repente todo era irreal, como un sueño o una pesadilla.

Estaba allí, me había atrevido, estaba en casa de un hombre desconocido, desayunando con él como si nada, asfixiada por el olor del desodorante atrapamujeres, mi vida puesta en un puño. Despertaría y todo volvería a ser como antes, cuando era niña y no había problemas, y me querían tal como era y no me tenía que cambiar por ningún lado ni aguantarme las ganas de nada, y era una niña y no una mujer, y qué asco el amor y qué asco crecer y esa sustancia repugnante que no se iba nunca, siempre pegada entre mis piernas.

Lo sé todo, le dije, sé lo que te pasó. Volvió a oscurecérsele la mirada, y yo le fui sacando las cosas como pude. En vez de estar enfadada porque no me había dicho que estaba casado, me enfadé conmigo misma por pedirle que me lo contara. No sé cómo conseguía darle la vuelta a todo y que acabara pareciendo yo culpable de lo que pasaba. Claro que entonces no me daba cuenta, porque estaba convencida de que yo era horrible por querer que me dijera la verdad.

Para que se me fuera todo —el dulzor ardiente del café, la gasolina y el desodorante, el crepitar del fuego y el frío que helaba los campos a esa hora de la mañana—, para olvidarme de todo y por la excitación permanente, dije: hagámoslo. Hoy mismo, ahora mismo, hagámoslo.

Puede que esperara que esa vez las cosas fueran como yo quería, que empezara despacio, con besos suaves y tranquilos, y luego fuéramos aumentando la intensidad al mismo ritmo. No sé por qué esperaba que fuera como no había sido nunca: atento, tierno, afectuoso. Cuando me venía este tipo de pensamiento me decía a mí misma: mira que eres tonta, romántica, tan empalagosa que das ganas de vomitar, tan antigua que te crees que el amor es como en los libros de poesía. Y me acordaba de Paco Ibáñez cantando poemas de Neruda, o de El Último de la Fila hablando de un soldado llamado Adrián. Un soldado en unos tiempos en los que ya no había soldados escribiendo cartas. ¿Cómo sería la lengua del soldado Adrián? ¿También tibia y húmeda? Qué tonta eres, me decía. Déjate de chorradas y haz lo que quieres hacer.

Déjate, déjate y todo irá como tiene que ir. Y empezó la agitación frenética, besándonos y tocándonos como habíamos hecho en el polideportivo y en el local de comida rápida. Solo que esta vez había un colchón en el suelo y él no tardó en tumbarme en él. Me sorprendió, como me sorprendería siempre en tantos otros hombres, esa decisión, esa forma de tomar las riendas de la situación. Cogerte, ponerte en una determinada postura, que tu cuerpo fuera en sus manos algo manejable. ¿Quién les habrá enseñado a comportarse así? ¿Por qué no preguntan qué quiero yo? ¿Por qué me gusta la sensación de abandono, de rendición? Me temblaba el vientre cuando desabrochó el botón de mis pantalones.

Mi propio olor me pareció empalagoso, dulzón, tanto como el café con leche, un olor que era mío pero que no sabía si quería que fuera para él. Déjate, déjate. No tengas miedo, me repetía él. No tardé nada en tenerlo encima. Tan rápido que luego, sola en mi cama, no conseguía rememorar la secuencia de sus movimientos. Como una serpiente que se escurre tan deprisa que no te da tiempo a seguirla. De repente me acordé de un sueño recurrente que tenía de pequeña: estaba dentro de un horno de esos de adobe que tenía mi abuela, se cerraba la puerta y, en vez de ramitas para avivar el fuego, estaba lleno de serpientes.

Le dije que estaba preparada, que ahora sí, pero cuando se me ponía encima mis rodillas se doblaban hacia dentro y apretaba tanto los muslos que allí era imposible que entrara nada. Descansábamos y volvíamos a intentarlo, preguntando de nuevo: ¿ahora? Y otra vez los muslos se me cerraban como si no fueran míos, como si mi cuerpo tuviera vida propia. Hasta que dijo: vamos a probar una cosa. Confía en mí, ya verás. Me dio la vuelta, me apretó la cabeza contra la almohada y me separó las piernas. No tengas miedo, será un momento.

Me contó que su divorcio sería un trámite sencillo: lo único que tenía que hacer era bajar al pueblo y arreglar los papeles. Y luego vendré a pedir tu mano. Eché un vistazo a la habitación y me di cuenta de que al lado de la estufa había un par de revistas de moda con mujeres medio desnudas en la portada. Mujeres delgadas como yo no estaría nunca.

Esa Navidad fue de las más oscuras que recuerdo. No te lo conté porque ese tipo de cosas no se las contaba a nadie. Hacía frío y había nevado y la nieve se había quedado helada en las aceras. Un día que había ido al centro a por algo que me había encargado mi madre, me entretuve paseando por las calles y encontré una tienda de ropa de segunda mano. Entré y el que atendía era árabe. Me miraba muy fijamente a los ojos, y yo no sabía si tenía que bajar la mirada o no. Me probé un peto tejano ajustado y cuando me vio salir del probador me dijo: gírate. Y yo me giré. Estábamos solos en la tienda. Antes de entrar en los probadores él había cerrado la puerta, había girado el cartelito, y los que pasaban ya no leían «abierto». No sabía muy bien lo que estaba pasando, pero sentía que me inundaba con sus ojos, y al girarme me miraba el culo y se mordía un labio y hacía todos esos sonidos aspirados de cuando una mujer les gusta. Por un momento se me pasó por la cabeza que, si quería, podía hacerlo allí mismo, con ese desconocido del que no sabía ni el nombre. Y no ocurriría nada. Había perdido lo único que me impedía hacerlo con quien quisiera, ya no tenía que preservar nada, estaba estrenada. Allí mismo había un sofá cubierto con telas estampadas que no se veía desde fuera. Todo dependía de mí, podía hacer lo que quisiera. Le sostuve la mirada como no se la había sostenido a ningún hombre y él también me la aguantó. Con una media sonrisa. Rozándome a veces sin querer cuando me daba algo que podía quedarme bien. Trajo un vestido escotado y luego dijo: no, mejor los tejanos, y en sus ojos veía el deseo, y el mío no era otra cosa que un reflejo del suyo.

No lo hice. Salí con una excitación que me ahogaba y volví a casa tan deprisa como pude. Al cabo de un rato llegó mi padre y empezó a gritar. Nada que me sorprendiera, pero era Navidad y hacía frío y la nieve se había helado en las aceras. Desde mi habitación pude escuchar algo más, un gemido medio ahogado que era la voz de mi madre diciendo: para, anda, para, que no te he hecho nada. Mi madre parecía una niña pequeña. Cuando salí a ver lo que pasaba él la estaba golpeando en la espalda con los puños mientras ella se encogía sobre sí misma. Pensé que toda esa carne que se le había ido acumulando con los años era como una coraza. Pero no lo era porque las corazas no sienten dolor y la espalda de mi madre sí. No pude callarme como había hecho otras veces, le grité que parara, que parara, que parara. También gritaron mis hermanos, los dos mayores. Los pequeños tenían miedo y se habían escondido en la habitación tapándose los oídos. Mi padre repetía que no nos metiéramos, que era una puta, que la había descubierto coqueteando con el vecino.

Cuando acabó se fue y no supe cómo mirar a mi madre. Se puso a recoger la ropa que había quedado esparcida por el suelo después de que él le tirara el cesto. Y otra vez la culpa. Que Dios me castigaba por todo lo que había hecho. Que todas las mujeres iríamos al infierno, aunque el infierno ya empezaba en vida. Me dio tanta rabia que me puse a escribir. Pero en vez de hacerlo sobre el padre que gritaba y pegaba y veía amantes de su mujer por todas partes, me inventé la historia de amor de una chica de nuestro pueblo que perdía la virginidad entre brotes de menta, bajo la lluvia, y el chico de quien estaba enamorada huía al extranjero y la dejaba abandonada. Al final, cuando la repudiaban por no ser virgen, el padre le daba una paliza y ella sentía un dolor punzante en la cabeza como si se la hubieran partido con un hacha.

XI

Esa primavera acompañé a mi madre al médico varias veces. Primero le salieron unas ronchas en los hombros y el cuello que no se le iban ni con el jabón para hongos. La derivaron al dermatólogo, y le dijo que no sabía lo que era, que podían tener muchas causas. Mi madre no entendía que unos médicos que lo sabían todo de medicina no pudieran descubrir lo que le pasaba. Luego le empezó el dolor de espalda, que no se le iba nunca, y pasó un poco lo mismo que con las ronchas: en las radiografías no había nada. Regresábamos a casa, pero unos días más tarde mi madre volvía a pedirme que llamara para concertar una cita, que no podía dormir ni estarse sentada ni de pie, que aquello no era vida. Yo solo le hacía de traductora, pero cuando me miraba con desconcierto después de que los médicos le dijeran que no tenía nada, me sentía como si fuera yo la que no encontraba remedio a sus males. Al final, de tanto visitar a la médica de cabecera, un día le dijo que el peso no ayudaba mucho y le pidió que se subiera a la báscula. No sé si era la primera vez que la pesaban, pero cuando la doctora nos dio la cifra, mi madre se quedó callada un buen rato, pensando en sus propias dimensiones. Hasta que al final puso cara de asustada y me soltó: ¡un quintal! ¡Peso casi un quintal! ¡Como esos sacos de grano imposibles de levantar!

Se asustó y yo la comprendí, porque era la primera vez que era consciente de que pesaba más de la cuenta. Se sintió gorda de repente. Me pareció que era como un niño pequeño que pierde la inocencia. Si la médica no la hubiera pesado, mi madre nunca se habría sentido gorda porque, aunque era de carnes abundantes, no se había puesto nunca esa etiqueta. Y nadie con quien se relacionaba se la había colgado. Al contrario: cuando mandaba fotografías a su familia y la veían así, con su rostro ancho y lleno, le contestaban, grabando mensajes en una casete, que Dios le guardara un aspecto tan saludable, que se notaba que el extranjero le sentaba bien y que le deseaban que conservara siempre la abundancia con la que había sido agraciada. No sabían allí abajo que hay gordura que no se cría por felicidad y bienestar, sino por vivir en un piso de techos bajos del que no se sale nunca, por no parar en todo el día a causa de tener seis hijos, por no poder sentarte nunca a comer tranquilamente, por las madalenas envueltas en plástico y sobre todo por las corazas que construyes en torno a ti para aguantar los golpes.

En un primer momento me dio pena que mi madre descubriera sus verdaderas dimensiones, pero cuando estuvo de pie sobre la báscula y la doctora iba pasando las piezas de metal, sentí que de algún modo mi madre se acercaba a mí, que entraba en mi mundo, y fue como si la hubiera rescatado acogiéndola en mi día a día de restricciones y control de la comida. Si pudiera adelgazar, me dije, se volvería más ágil, más esbelta, más moderna y le sería más fácil salir de donde estaba metida. No sé de dónde saqué esa idea, pero cuando la doctora le preguntó si quería ponerse a dieta para adelgazar, yo sentí de repente que mi madre podría entender lo que era, podría al fin sumarse a mi revolución silenciosa. Entonces estaba convencida de que las dietas nos salvarían de las desgracias y nos llevarían a una vida más fácil y próspera.

Mientras andábamos de regreso a casa me invadió una felicidad extraña. Le pregunté si quería que le preparara una dieta. El lunes, le dije, el lunes empezamos. Le diseñé un plan muy restrictivo: todo eran proteínas y toneladas de verdura hervida, que ya sabes que nuestras madres no la comen nunca así, que decían que era insípida. Sin especias, sin estofar ni nada. El lunes por la tarde me dijo que le dolía la cabeza y que no lo veía claro, que si estaba segura de que esa era la forma de hacerlo. Yo le respondí que sí, que sí, pronto te acostumbrarás y se te irá el dolor de cabeza, ya verás. No sé por qué fui tan cruel e implacable. Me miraba con los ojos medio cerrados de dolor y yo: que sí, que sí, hazme caso. Y un poco era como si yo fuera la madre y ella la hija.

Cuando a la semana siguiente la enfermera la pesó, resultó que no había perdido ni un gramo. Pues dile que he pasado más hambre que de pequeña en el pueblo, me dijo mi madre. Cuando le conté a la enfermera la dieta que le había preparado movió la cabeza: estos regímenes de revista no sirven de nada. Le pidió que volviera a comer como antes y que anotáramos todo durante una semana. Cuando volvimos le dio unas pautas para adaptar su alimentación. Pan sí pero sin mojar en la salsa, que es donde están las grasas. Y mi madre me dijo en nuestra lengua: qué vida más triste sin mojar pan, y la enfermera la entendió y le respondió que, aunque fuera poco, tenía que hacer un esfuerzo, que ya sabía que nosotros sin pan no podemos vivir. La leche desnatada o el té sin azúcar o con ese edulcorante que no pesaba nada y que unos años más tarde retirarían del mercado porque se había descubierto que provocaba cáncer. Yo le dije a la enfermera que también quería ponerme a dieta, y mi madre me miró sin decir nada pero levantando una ceja. No tienes que perder tanto como tu madre. Fue lo único que dijo, aunque estaba ya muy delgada y llevaba años con el lunes, lunes, lunes. Le conté que mi gran problema era que adelgazaba de cintura para arriba, pero el culo no había forma de bajarlo. Pues hazte un masaje así, me dijo pasándose las manos alrededor de las nalgas con movimientos circulares.

Yo no sabía que esa era la última primavera que viviría con mi madre, pero de repente fue como si me hubiera acercado a ella después de muchos años de estar alejadas la una de la otra, aunque vivíamos en el mismo piso pequeño. Cada semana andábamos en silencio los tres cuartos de hora que teníamos hasta el ambulatorio. La enfermera la trataba como a una mujer adulta, aunque mi madre le dijera que no la entendía. Cuando le hablaba, ella le respondía: que sí, que finges que no me entiendes pero eres más lista de lo que quieres hacerme creer. Entonces mi madre se reía porque era como si le hubieran descubierto algo que quería esconder: que aunque era una mujer de su casa que todo el día limpiaba y recogía y cocinaba, también le clasificaba los recibos a mi padre y le llevaba las cuentas de la empresa. Todo sin saber leer ni escribir ni entender la lengua del país. Fue adelgazando a buen ritmo, y la espalda empezó a dolerle menos, aunque no sé si era por la dieta, por la enfermera que le hablaba bien o por las caminatas de tres cuartos de hora. A veces aprovechábamos para pasarnos por una tienda, y mi madre cada vez se atrevía a dar más rodeos y a decirme: vamos a ese lugar que fulanita me ha dicho, que tienen las toallas de oferta. También miraba la publicidad que repartían por los buzones y cuando algo le interesaba me preguntaba el precio y luego lo retenía en la cabeza y memorizaba la tienda que era y dónde estaba después de que yo se lo explicara.

Me saltaba muchas clases para ir a casa de Yamal. No pensaba en otra cosa que no fuera volver a vivir esa sensación de rendición absoluta, de abandono. Cuando apretaba mi cabeza contra el cojín dejaba de pensar, dejaba atrás todas las angustias y ansiedades y me permitía disfrutar, porque no era yo la que decidía sentir placer, era él quien me obligaba. Como las putas, pensaba a veces, las putas no tienen sexo porque quieran, lo hacen porque las obligan a cambio de dinero, y seguro que pasaban por alto tonterías como el olor a grasa de motor o si el cliente les parecía agradable o no. Yamal no me pagaba, pero en su forma de manejarme como si fuera un juguete me hacía sentir que nada dependía de mi propia voluntad.

Al fin dio el paso y se marchó a Marruecos a divorciarse. Volvió quejándose de cómo funcionaba el país y me enseñó fotos de sus padres y de una casa de adobe como sacada de otro mundo. Dentro de nada estaremos juntos, me decía, juntos para siempre. Y que algo le había contado a su madre. Me dio un vuelco el corazón: si su familia se enteraba de que estábamos juntos, la noticia no tardaría en llegar al barrio. Te juro que no les he dicho quién eres, pero están felices de saber que pronto volveré a estar acompañado.

Luego empezó a comparar el matrimonio con los dedos de una mano. Nos ayudaríamos el uno al otro, nos apoyaríamos. Él trabajaría mientras yo estudiara. No entendía esos matrimonios en los que cada uno iba a lo suyo, que eso no era matrimonio ni nada. Como vosotros, me dijo. Que ir a medias como amigos demostraba que la cosa no era de verdad, que no había suficiente confianza. Cuando quieres a alguien lo compartes todo. Yo me acordaba de lo que me contaste sobre la independencia y no sabía cómo estar de acuerdo contigo y con él al mismo tiempo. Conocíamos a mujeres que si lo compartían todo con sus maridos, acababan quedándose sin nada, porque siempre había gastos de los que hacerse cargo, o había que mandar dinero a los suegros, o había que construirse una casa en el pueblo para poder volver cada verano.

Por dentro oía un cric cric raro cuando criticaba a otras personas de esa forma, como si no fuera lo que parecía, como si fuera un poco más del barrio de lo que decía. Pero un chico del barrio nunca habría dejado que su mujer se fuera a estudiar a Barcelona. Aun así, el cric cric persistía: hablaba mal de vosotros, repetía algunos de los rumores que corrían sin fundamento o me decía que Sam estaba loca por él, que incluso se había presentado un día en su casa ofreciéndosele entera. La forma que tenía de hablar de Sam y de otras mujeres que tenían fama de fáciles estaba cargada de violencia y desprecio.

Fue entonces cuando Saíd y tú os casasteis. Habíais visitado a su familia y arreglado los papeles allí abajo, y ahora lo único que faltaba era la fiesta. Tú le dijiste que preferías celebrar la boda aquí, que no querías verte obligada a invitar a medio país. Salía más a cuenta casarse en el barrio que en el pueblo de nuestros padres, donde por educación había que pagar el convite de todos los parientes cercanos. Hiciste la noche de la henna el viernes, el sábado invitaste a todas las mujeres y el domingo ya erais muy pocos. Saíd se reunió con sus amigos y tu padre en el piso que ya teníais preparado. ¿Te acuerdas de la rabia que me dio no poder quedarme a dormir en tu casa la noche de la henna? Hasta las familias más cerradas dejaban que sus hijas pasaran esa noche con la novia, pero en mi caso mi madre me dijo que a las doce en casa. Como Cenicienta.

Pusisteis música de todo tipo, Sam de la que le gustaba bailar haciéndose la negra y también canciones de las nuestras, modernas y antiguas. Incluso tu madre se animó a bailar y a bromear sacando el pandero y diciendo: chicas, mirad cómo se danza de verdad. Yo te puse la henna en las manos y los pies y procuré que no te faltara de nada. El pañuelito blanco que llevabas en lo alto de la cabeza con las dos trenzas tradicionales te enmarcaba los ojos negros.

Tu madre invitó a la mía, pero ella no fue, no iba a ninguna fiesta, a ninguna celebración. El domingo no pude ver cómo venía a buscarte Saíd ni cómo salías de casa de tus padres para irte a vivir a tu propio hogar. Te imaginé en tu vestido blanco sin mangas. Liso, sin encajes ni florituras de las que tanto gustaban a las moras. A la mañana siguiente subí a ver a tu madre y tenía un aire algo triste no muy habitual en ella. Se había pasado el día cocinando para mandaros comida. Las costumbres dictaban que era la familia del novio la que tenía que alimentarte durante esa primera semana en la que estaba prohibido que la novia cocinara o limpiara, pero nuestra condición de inmigrantes nos obligaba a reformular hasta las tradiciones más antiguas.

Cuando Sam y yo llamamos a tu puerta para llevaros la comida tardasteis un poco en abrir y al cabo de un rato salió Saíd con una toalla en la cintura. Se puso a reír, y Sam dijo: míralos, vaya par de tortolitos, duchándose juntos y todo. No te quedaste en casa toda la semana. Y él tampoco. Al día siguiente ya fuisteis a trabajar, y tú volviste al ritmo acelerado que llevabas siempre. Estabas a punto de terminar el curso de estética. Me dijiste que una peluquería muy buena del centro se había interesado por ti y que estabas negociando con ellos para comenzar a trabajar en su salón.

Fue entonces cuando empezaron los rumores sobre mí y sobre ti. Los míos hablaban de mí y Yamal.

La Parabólica vino un día a casa y le contó a mi madre que había un chico que decía que pronto se casaría conmigo. Que era hijo de no sé quién. Mi madre me soltó una retahíla de parentescos y reputaciones, información que para ella era muy relevante pero que a mí me sonó a jerga incomprensible. Alcancé a entender que la familia de Yamal era poco menos que el demonio. Pero ¿no sabes quién es? Me dijo el apodo con el que llamaban a su padre para demostrarme lo terrible que era, sin embargo, era la primera vez que yo escuchaba esa palabra. Me pidió que le jurara por Dios que los rumores no eran ciertos. Y yo: que no, que no, que no sabía de lo que me hablaba. Unos días más tarde fue otra vecina la que medio felicitó a mi madre, que ya era hora de que diera a la hija. Ella estaba muerta de vergüenza. Después, la Parabólica le dijo que sabía de buena tinta que Yamal y yo nos habíamos estado viendo, porque no sé quién había visto una fotografía mía colgada en una pared de su casa y encima su madre lo había contado por todos lados, orgullosa de que su hijo se quedara con una pieza tan preciada como la hija de Muh.

Cuando volví a verlo, esa vez en la biblioteca escondiéndonos entre estanterías, me juró y volvió a jurar que no había dicho nada ni había enseñado la foto que le había regalado. Se ofendió por que yo creyese que su madre fuera capaz de hacer algo tan despreciable. Acabó con lo mismo de siempre: que si quería romper con él, se lo dijera claro y punto.

Después las chismosas fueron a por ti. Con el trabajo de vestir novias tenías mucho éxito: casi cada fin de semana te llamaban para una boda. Llenabas el coche con los vestidos, el maletín de maquillaje, conducías kilómetros y kilómetros hasta donde estuviera la novia. Todo el mundo quedaba muy contento con el resultado, las dejabas guapas pero naturales, con una mezcla equilibrada entre tradición y modernidad que impresionaba a las invitadas. También llegaste a ofrecer pastas que presentabas de un modo exquisito. Cuidabas hasta el último detalle y todo el mundo quedaba muy satisfecho, pero de repente alguien empezó a decir que no eras trigo limpio. Porque un par de novias a las que tú habías vestido se habían divorciado poco después de casarse, y a alguien se le ocurrió que la única explicación, lo único que tenían todas en común, eras tú. Que no era normal que una mujer se trastocara así de repente y decidiera tirarlo todo por la borda justo cuando empezaba la feliz vida de casada. Hasta salió alguien jurando y perjurando que te había visto hacer cosas raras con no sé qué a escondidas. A mí me parecía tan absurdo que me resultaba imposible que alguien pudiera creerse algo así. Había más divorcios porque muchas parejas solo se casaban por los papeles de los hombres de allí abajo y, más tarde, las chicas descubrían que sus maridos tenían una mentalidad muy distinta de la suya, ya que ellas se habían criado aquí. Y encima muchas trabajaban y no estaban dispuestas a aguantar lo mismo que nuestras madres. ¿No te acuerdas de que salió esa cinta horrible de un cómico en nuestra lengua que ridiculizaba a las mujeres del extranjero? Decía que lo único que servían en el plato todos los días era pizza y coca-cola.

La gente se reía un montón con esa cinta, con ese humor asquerosamente machista, incluso Yamal la tenía. Tu madre fue la única a la que no le hizo ni gota de gracia y dijo que era una indecencia, una falta absoluta de respeto. Entonces no nos dimos cuenta de que si nos caricaturizaban de ese modo era porque ya no nos conformábamos con ser como nuestras madres o nuestras abuelas. Por eso también empezaron a decir que mujeres mujeres, de las de verdad, de las de antes, ya no quedaban. Y eso también lo decía Yamal.

XII

Tuviste que dejar de vestir novias. Incluso a gente que vivía lejos de nuestro barrio le habían llegado los rumores y tenían miedo de que les echaras algún conjuro. Yo me preguntaba cómo podíamos ser tan retrasados, si no tendrían razón los racistas que nos rechazaban precisamente por ese tipo de cosas. Pero tú no te rendías nunca y no tardaste en montar el negocio de los dulces. No sé de dónde sacaste el tiempo para ir al cursillo del ayuntamiento. Me enseñaste los cálculos del coste de los ingredientes y todos los gastos. Tu idea era animar a varias mujeres del barrio que no tenían ingresos a formar una especie de cooperativa. Las reuniste y se lo explicaste todo en la cocina comunitaria que os habían cedido, propiedad de una asociación o algo por el estilo. En los ojos tenías un brillo de ilusión. Les dijiste que, si el negocio iba bien, habría posibilidades de abrir una tienda y podrían tener un trabajo más estable.

Al principio parecía que todas estaban de acuerdo, y tú te dejaste un buen dineral en comprar los ingredientes, los delantales y los gorros para el pelo y todo lo que hacía falta. De momento os reuniríais los lunes, que era el día que te daban fiesta en la peluquería, y luego tenías previsto que tu madre te echara una mano. Los primeros pedidos funcionaron muy bien. Las pastas eran pequeñas y, aunque requerían más tiempo de elaboración, conseguiste reducir costes y que no fueran tan empalagosas para los paladares que no estaban acostumbrados a tanto dulzor. Cuando me contaste los primeros contratiempos no me lo podía creer: una de las mujeres no se había presentado al trabajo porque no había dejado la comida preparada para el marido y, claro, la casa es lo primero.

Este tipo de absentismo se fue repitiendo y luego se fue generalizando, porque las mujeres empezaron a decir que a unas les pagabas más que a las otras o que tú te quedabas con la mejor parte del pastel. Yo te echaba una mano los domingos. Nos quedábamos solas en la enorme cocina, con montones de sésamo y almendras, el aroma del agua de azahar, el anís y la canela. Tus manos trabajaban con rapidez, volaban ante mí creando bocados refinados, exquisiteces sublimes como salidas de otro mundo. Un mundo más limpio, más elegante, menos asfixiante que el nuestro. A veces te miraba fijamente sin que te dieras cuenta, y si lo notabas me sonreías y seguías trabajando. ¿Cómo hacías para no caer en el pozo como me pasaba a mí tan a menudo?

Una vez que me manché la cara con harina te acercaste y me pasaste el dorso de la mano por la mejilla. Estuve a punto de preguntarte por tus relaciones con Saíd, por cómo era el sexo con él. ¿A ti también te aplastaba la cabeza contra la almohada?

No, imposible, alguien con tu seguridad, tu independencia y tu arrojo no habría gozado nunca con ese tipo de sometimiento. Si pensaba en vosotros dos, te imaginaba encima de Saíd, alzada en todo tu esplendor, cabalgándolo como una amazona. Por no decepcionarte nunca te conté que solo podía disfrutar del sexo de ese modo, sometiéndome completamente.

Te rendiste con las mujeres del barrio, diste por perdida esa generación. La educación que habían recibido y el maltrato que habían sufrido durante toda su vida las habían erosionado hasta el punto de ser incapaces de imaginar otra existencia que no fuera la de pedir alimentos a Cáritas. Habías trazado un plan ambicioso para ellas, incluso clases de alfabetización y conocimiento del idioma y el entorno. Un proyecto bonito, esperanzador. Fue triste constatar que a veces hasta poniendo todo el empeño hay cosas que no se pueden cambiar. Las moras siempre serán moras, me soltaste el día que recogías lo que quedaba en la cocina comunitaria. Nos puede la envidia, vigilar lo que hacen las demás, no permitir que nadie en este barrio sobresalga, sea lo que sea. Nos molesta más que alguien de aquí tenga éxito, cualquier tipo de éxito, que no que triunfen los que ya nacieron con todo a su favor.

También les comían la cabeza los predicadores que salían en los canales de la parabólica que ya tenían todas en casa. Sé la reina de tu hogar, les decían, no te vendas por nada, no te prostituyas enseñando el pelo o haciendo trabajos indignos, impropios de una reina.

La Parabólica se alegró de tus fracasos, aunque

luego animó a su hija a copiarte. También se dedicó a criticar de un modo feroz mi cuento aunque no lo hubiera leído, era analfabeta. Esa primavera había presentado el relato de la chica que perdía la virginidad a un premio y había ganado, lo que provocó una reacción que yo no esperaba. No era más que un concurso de instituto, pero todo el mundo se puso a opinar sobre un asunto que hasta entonces para mí era íntimo y personal. Mis profesores se alegraron mucho, mis compañeros parecían fijarse en mí por primera vez. Yo estaba tranquila pensando que el premio formaba parte de ese mundo protegido del instituto, pero la noticia salió de allí y llegó al barrio. No sé muy bien cómo. La sensación de peligro tenía que ver con eso, con no saber en qué espacios podía estar segura. Cada vez más se demostraba que ya no había sitios en los que pudiera ser yo misma sin estar sometida al escrutinio y el control. Por no hablar de los encuentros furtivos con Yamal, en los que siempre debía asegurarme de que nadie me seguía, de que no había nadie cerca que pudiera ver que me metía en su casa.

También me habría gustado vivir con alegría y entusiasmo la experiencia de dar a conocer lo que había escrito por primera vez, poder celebrar sin más ese pequeño logro, pero el miedo seguía atenazándome. En el cuento describía con todo lujo de detalles el encuentro de la protagonista con su amante. Me había sentido muy libre al hacerlo, no era exactamente lo mismo que tener fantasías, sino algo más parecido a representar mi deseo sin miedo al castigo. Saber que había escrito esa escena me atormentaba casi tanto como el haber perdido la virginidad.

Luego hubo reacciones que nada tenían que ver con el texto. Algunos interpretaron que mi logro era una prueba de mi integración en la sociedad; otros me dieron palmaditas en la espalda y se asombraron de que alguien como yo hubiera podido escribir un relato como ese. Ya lo sabes, creían que no podíamos ni hablar, ¿cómo íbamos a escribir? También hubo un chico que me acorraló en el pasillo diciéndome que yo no merecía ganar, que él también se había presentado al premio y que era imposible que yo pudiera dominar su lengua —dijo «mi» lengua— mejor que él. Que seguro que me lo habían dado porque era mora, a los moros os lo dan todo. Pero no te creas que por eso ya eres de aquí, tú siempre serás una extranjera, y este regalo que te han hecho es lo máximo que vas a conseguir. Podía notar su aliento en la cara, me quedé quieta hasta que terminó de desahogarse. Pasado el tiempo, cada vez que cogía el cuaderno y el bolígrafo me acordaba de él y no podía evitar sentirme una intrusa.

También los moros pensaban cosas parecidas. Mi padre me alertaba sobre el peligro de creerme una de «ellos», incluso si te tratan un poco bien siempre van a considerar que eres de fuera. Y bueno, ya lo sabes, la Parabólica dijo que yo había avergonzado a todos los musulmanes, que los había retratado como salvajes y atrasados, y que provocaría más racismo.

Pero ¿qué dices?, me regañaste cuando te conté todo esto. No son más que unos envidiosos, ni caso. Ni la lengua se lleva en la sangre ni tú eres responsable de lo que piensen los racistas. Faltaría más. Escribe sobre lo que te dé la gana, y a quien no le guste que no lo lea, tan fácil como eso.

Yamal dijo que estaba orgulloso de mí, que qué lástima que no pudiera decirle a nadie que pronto sería su mujer, que todo el mundo se moriría de envidia. Siempre estaba pendiente de la envidia. Un poco como mi padre, pero por otras razones.

Después de ganar el premio empezaron a invitarme a dar charlas. En un instituto, en un encuentro en el ayuntamiento, en una asociación por la convivencia. Creo que entonces hubo incidentes racistas en barrios como el nuestro —algunos skinheads habían agredido a chicos moros— que habían saltado a los medios de comunicación. Hubo padres que se organizaron para impedir que sus hijos fueran a escuelas como la de nuestro barrio. Se hablaba de conflictos y por eso se empezaron a organizar ese tipo de encuentros, mesas redondas y debates a los que invitaban a «los otros» para que todo el mundo pudiera ver que éramos personas normales. No sé muy bien por qué aceptaba participar, arriesgaba mucho más de lo que los organizadores imaginaban. Nunca sabía lo que tenía que decir. No me invitaban para hablar del relato que había escrito ni de libros, que era lo que más me gustaba, sino que en todas partes me pedían lo mismo: cuéntanos tu historia. ¿De dónde eres? ¿Cómo es tu país? ¿Hay semáforos? Toda mi historia estaba en el barrio, pero el público quería algo más exótico, no quería saber nada de una pobreza tan cercana, les fascinaba más la que venía del desierto.

A ti también te habían invitado alguna vez y habías dicho que ni hablar, que no estabas dispuesta a convertirte en un mono de feria. Que si querías contar algo, ya lo contarías por ti misma. Pero yo no supe decir que no, y venga a contar una y otra vez lo mismo, responder a las mismas preguntas, buscar las diferencias entre una y otra cultura. O peor aún: hablar sobre el islam, como si fuéramos imanes o teólogos, como si fuéramos predicadores del canal por satélite. No tardaron en darse cuenta de que yo no servía para eso, no era capaz de contar nada interesante. Como una mora vale lo mismo que otra mora, invitaron a la hija de la Parabólica y ella sí que les dio lo que querían: su asombro ante la civilización occidental, cuando había apretado el interruptor por primera vez y se había hecho la luz. También se dedicó a repetir lo que decían los charlatanes en la televisión: que la mujer en el islam estaba más protegida, que era más respetada porque obligan al marido a hacerse cargo de ella, y todas las tonterías que ya conoces. Y todos la creían porque era lo que en realidad querían oír.

Todo esto me mantuvo un poco ocupada y me distrajo de mis angustias cotidianas, que no guardaban ninguna relación con discursos y teorías. Sentía que se acercaba el fin de una época, y la culpa con la que cargaba se había convertido en una roca enorme que sostenía sobre mis espaldas. Me agarraba a ti de un modo desesperado, te buscaba siempre que tenía un rato libre, te contaba una y otra vez que no podía aguantar más el hecho de tener que esconderme y mentir, y creo que estabas ya un poco harta de que te repitiera siempre lo mismo. Habla ya con tus padres, me decías, no va a pasar nada, tendrán que aceptar tu decisión. Pero yo no era valiente como tú, y esa cobardía me iba comiendo la poca carne que rodeaba mis huesos. Me había acostumbrado tanto a tener el estómago vacío que ya ni siquiera sentía hambre. Había conseguido matarla.

XIII

Llegué a la selectividad en un estado febril, casi de enajenación. Estudié sin parar día y noche. Lo único que no podía evitar era escabullirme para ir a ver a Yamal. Una y otra vez quería volver a sentirme derramada encima del colchón, depositar en él toda mi voluntad. A veces, tomándonos un café y observando su expresión relajada y su sonrisa, me preguntaba cómo podía ser que alguien amable y cordial fuera capaz de forzar mi cuerpo de un modo tan decidido. Como si en él habitara un animal distinto del hombre cariñoso que luego me susurraba palabras de amor y proyectaba un futuro juntos.

Aprobé con buena nota los exámenes y empecé a mirar a mi alrededor. Dejé atrás los días de apuntes, resúmenes y memorización, y a la primera a la que me encontré fue a Sam. Me costó reconocerla, parecía que alguien le hubiera reducido la cara, estaba muy delgada. Sentí piedad por ella, como si hubiera muerto un poco o como si un bebé al que la madre no había alimentado se hubiera encogido. Pero la compasión apenas me duró porque no tardé nada en envidiarla. Envidia porque ella lo había conse-

guido y yo no. ¿Y si resultaba que me quitaba a Yamal? ¿Y si me ganaba en esa carrera hacia la delgadez extrema?

Un día Sam llamó a casa desde el trabajo y me
dijo que estaba muy asustada, que no sabía lo que le
pasaba. Me costaba entenderla y, al final, entre sollo-
zos consiguió contármelo: se había provocado el vó-
mito y no podía parar. Que otras veces con descargar
lo que había comido se quedaba tranquila, pero ahora era como si no pudiera frenarlo, volvía una y otra
vez al baño y sentía que le ardía la garganta. Quiero
parar y no puedo, me gritó. Lloraba como pidiendo
auxilio desde un pozo profundo en el que nadie sabía que había caído. Sam, siempre alegre y contenta,
tan vital, se estaba ahogando en su propia trampa.
No supe cómo ayudarla, le dije que parara, que se
haría daño. Estaba tan centrada en mí misma que no
se me pasó por la cabeza aconsejarle que pidiera
ayuda a un profesional. En aquella época en la televisión y en los periódicos hablaban de este tipo de
problemas, pero en realidad había mucha más información sobre cómo adelgazar que sobre cómo pre-
venir los trastornos alimentarios.

No fue hasta muchos años más tarde cuando
Sam me confesó cómo había empezado a vomitar.
Que no era porque quisiera estar delgada. Que una
noche que volvía del trabajo, uno de los chicos que la
había perseguido la esperó y antes de que entrara en
la plaza la violó. Como Sam era como era no pudo
denunciarlo. Si lo hubiera hecho, todo el mundo en
el barrio la habría culpado a ella. Y sentía un asco
por su cuerpo que jamás había experimentado. Vo-

mitaba para sacarse al violador de dentro, pero no funcionaba, a la única a la que estaba sacando de dentro era a ella misma, arrojada al váter en cada arcada.

Mi madre había adelgazado a buen ritmo y yo tenía fantasías en las que ella bajaba y bajaba de peso hasta que estaba tan delgada como en las pocas fotografías en blanco y negro que teníamos de cuando era joven. Si adelgaza, pensaba, volverá a verse joven, y supuse que si lucía joven, guapa y delgada, mi padre la querría y la trataría como es debido. En vez de pensar que él pudiera cambiar su forma de tratarla, estaba convencida de que era ella la que tenía que convertirse en otra. En esa época no la veía más que como víctima y la hacía un poco responsable de su situación. Tardé muchos años en verla como la mujer que era: inteligente, trabajadora, resistente y tan erosionada por la violencia de mi padre que no le quedaba otra salida que someterse a él. Su sumisión, entonces no lo veía, era consecuencia del poder que ejercía sobre ella mi padre, no de su voluntad de someterse.

Aunque Sam y yo estábamos muy delgadas, nos dedicamos a recorrer las farmacias pidiendo muestras gratuitas de cremas anticelulíticas que yo no me podía permitir porque estaba ahorrando para la universidad y ella porque su sueldo servía para pagar los gastos de casa. Tanto su padre como sus hermanos estaban en el paro desde hacía mucho. ¿Te acuerdas del mayor? Nos daba asco por cómo nos miraba cerrando un ojo y levantando el labio y por esa voz que le salía por la nariz. No había trabajado nunca. Y andaba por la plaza con esos movimientos raros, como si fuera John Travolta. ¿Te acuerdas de que nos tiraba los tejos cada vez que nos lo encontrábamos? Creo que incluso llegó a decir que vendría a pedir mi mano, y mi padre, al oírlo, gritó que si estaba loco o qué, que cómo iba a entregar a la niña a un mierda como ese, que era un camello. Camellos en el barrio, lo que no faltaba. El hermano segundo de Sam, en cambio, era dulce y agradable. Siempre estaba un poco afónico de fumar. No nos decía nunca nada. Pero una vez que me dirigía a la academia de peluquería a alisarme el pelo (íbamos a la academia porque era más barata y si te llevabas la toalla y el champú te hacían descuento), un pelo que me llegaba hasta la cintura y que me solté un momento en casa de Sam para enseñárselo, él me dijo en broma: cásate conmigo, por favor, cásate conmigo. Era bueno y cariñoso, pero parecía perdido, a lo mejor tan perdido como nosotras, aunque en su caso no dejó de comer ni se sometió a largas sesiones de ejercicio, desde que no era más que un niño había encontrado en las drogas un macabro consuelo. Algunos años más tarde, hojeando el diario local, me topé con su nombre en una noticia que hablaba de la muerte de un joven, probablemente por sobredosis, y resulta que el muerto era él.

XIV

Empecé a mirar todo lo que había a mi alrededor como si estuviera a punto de abandonar ese mundo. Se acercaba el final, le dije a Yamal que ya no podíamos esperar más. Mi padre había dejado claro que nunca en la vida permitiría que su hija se mudara a Barcelona como si fuera una cualquiera, y después de aprobar la selectividad yo ya no tenía excusas para salir de casa. Empezaba otro verano asfixiante que ahora sabía que no podría soportar. Las últimas veces que acompañé a mi madre al ambulatorio la observaba con atención. Sus gestos, su forma de hablar, su calma aparente. Quería memorizarla por si el plan de casarme con Yamal no funcionaba y me veía obligada a irme sin más. Me había acostumbrado a saberme traicionera. Imaginaba su decepción si se descubría todo después de haberle jurado, incluso por Dios, que yo no había transgredido ninguna norma ni me había juntado con el hijo de esa familia de mala reputación.

Mi padre era cada vez más musulmán. No se perdía ni un solo sermón y se compró un reloj horrible que llamaba a la oración cada dos por tres. Llenó el piso de cuadros con suras del Corán y a veces nos obligaba a ver cintas de vídeo en las que los predicadores hablaban en nuestra lengua, para que pudiéramos entender lo que nos esperaba en el infierno si nos salíamos del camino.

A mi padre le llegaron los rumores antes de que Yamal viniera a pedir mi mano. No sé cómo tardaron tanto. Cosas del azar: la bola lanzada del chismorreo no le dio de lleno por alguna casualidad. O porque había muchas personas que le tenían tanto miedo que no se atrevían a hablarle directamente de la «familia», que era como los hombres llamaban a esposas e hijas respetables. Si el nombre de una mujer corría de boca en boca sin pudor alguno era porque se trataba de una perdida o una cualquiera, que quería decir más o menos lo mismo.

El día que llegó gritando a casa lo supe, desde la habitación supe que esta vez era por mí. Primero noté un espasmo en el vientre, como si alguien me hubiera atado de repente los intestinos y los estuviera apretando. Luego el pulso me empezó a latir desbocado hasta sentir un ruido ensordecedor que era el que hacía mi corazón. Y me entraron unas ganas locas de salir corriendo en un esprint, huir, huir antes de que pudiera tocarme. Mi padre a mí me había pegado poco, pero sabía de lo que era capaz por las palizas que había descargado sobre mi madre y mis hermanos a lo largo de los años. Era su forma de educar. Algo que, por otro lado, no sorprendía mucho en el barrio. En tu casa nunca hubo ese tipo de violencia y era un tema que me costaba hablar contigo, pero lo cierto es que los golpes ajenos también los tenía metidos en el cuerpo, me dolía el dolor de los demás, pero también la impotencia de no poder evitarlos.

Cuando oí sus gritos creí que había llegado el momento, que ahora sí que recibiría lo que me merecía. Que vendría y se quitaría el cinturón aunque yo ya no tuviera edad para que me corrigieran de esa forma. Casi tiró la puerta abajo entre gritos y escupitajos, unos gritos que explotaban dentro de mi cabeza como si estuviera en una pesadilla. Había decidido no huir. Si empezaba a pegarme, no me resistiría, le dejaría para que acabara todo lo antes posible. De repente me había convertido en mi madre. Pero no me pegó. Hubo gritos y sermones y dime que es todo mentira y júrame que estás tal como te parió tu madre. Yo estaba muerta de miedo, pero también de vergüenza, porque su mayor preocupación era descubrir si había perdido la virginidad. Había momentos en los que parecía que él mismo iba a abrirme las piernas para examinarme. Seguí quieta, rendida completamente, y por un momento creí comprender lo poderosa que era esa actitud. Si no me dolía nada, si me resbalaba todo lo que decía, su violencia dejaba de tener efecto. Esa podía ser mi única defensa.

Pero no me desnudó, me amenazó con llevarme a un médico para que lo hiciera. Lo cual sabía que era absurdo, ningún ginecólogo haría algo así.

Mi madre, te lo puedes imaginar: me vais a reventar, al final vais a conseguir acabar con lo que queda de mí. Todo era ese tipo de palabras: matar, reventar, hacer explotar. Y hablaba en plural porque mis hermanos, los que me seguían, también se habían peleado con mi padre. Llegaban tarde los viernes y sábados, tan tarde que él ya dormía, y aunque fueran chicos él quería que estuvieran en casa antes, para no salirse del camino, decía. O porque había descubierto que uno de ellos fumaba o porque le habían llegado rumores de que el segundo estaba liado con una chica cristiana.

Una de las cosas que me dijo ese día fue que le había decepcionado. No, me dijo que le había engañado porque él había confiado en mí, en la niña que aparentaba ser tan buena. Y lo decía como si yo fuera su mujer y me hubiera ido con otro.

No sé cómo aguanté esos días. Me encerró en la habitación sin nada, sin poder visitaros a ti ni a Sam. La traición, traicionar a un padre, merecía el mayor de los castigos. Yo no sabía cómo ponerme en contacto con Yamal y decirle que viniera a pedir mi mano ahora que ya se había descubierto todo. Después de pasar unos días allí atrapada ni siquiera estaba segura de que el mundo de antes hubiera existido. El instituto, los profesores, el chico de la coleta rubia, el premio literario y todos los encuentros a escondidas con Yamal. ¿Y si lo había soñado todo?

Mi estómago acabó por cerrarse completamente, desvaneciéndome poco a poco a dos palmos del techo y sintiendo cierto alivio en dejarme ir, en dejar de ser. Me convertiría en santa Teresa de Jesús, me esfumaría en un aliento sublime y dejaría en el mundo físico esa sustancia repugnante que no era más que un estorbo, al fin conseguiría que el amasijo de carne y huesos y piel que era mi cuerpo dejara de perseguirme para siempre.

Dormía todo el tiempo que él no estaba en casa gritando. Se iba y volvía, se iba y volvía, y cada vez con algo distinto. Pedía a la gente que le confirmara los rumores, se informaba sobre Yamal, que resultó ser, me dijo, un camello drogadicto. Su voz se volvía cada vez más lejana a pesar de que él gritaba sin parar. Perdí la noción del tiempo y del espacio. Estaba cansada, me rendía al fin y me disponía, sin pesar alguno, a morirme durmiendo.

Pasé días así. Mi madre intentaba que comiera algo, pero yo siempre decía que no. Seguía con su trajín habitual, de un lado a otro del piso, aunque con un aire triste, exhalando largos suspiros como si también hubiera entrado en ese estado de somnolencia en el que yo me encontraba. Mira, haz lo que quieras, terminó por decirle a mi padre, cansada de aguantar sus gritos y sermones.

Fue mi hermano segundo el que dio la voz de alarma. Entró para dejarme una sopa y se dio cuenta de que respiraba muy levemente. Luego me contó que me puso los dedos en el cuello y vio que tenía un pulso muy débil. Fue él quien llamó a una ambulancia, quien me salvó la vida.

XV

Pasé ingresada unas semanas. Compartí habitación con otra chica que también estaba muy delgada, que no paraba de dibujar y de hacer manualidades. Yo le conté al psiquiatra que conmigo se estaban equivocando, que yo no tenía esa enfermedad, sino que me había rendido, que había tenido que rendirme. Que vivir era demasiado complicado, agotador, y yo había decidido dimitir. Sonrió cuando escuchó esa expresión: dimito de la vida. Lo primero que le pregunté fue si los ginecólogos hacían pruebas de virginidad. Me dijo que no. Después empecé a hablar y hablar sin parar, como si se hubieran abierto las compuertas de un río subterráneo que me estaba devorando. Observó uno de mis cuadernos: la letra era minúscula. Se había ido volviendo cada vez más pequeña en los últimos tiempos. No escribía, lo único que hacía eran listas y más listas.

Viniste al hospital unas cuantas veces, aunque estabas muy ocupada con tu trabajo y casi no nos vimos. También me visitaba mi madre, que no sabía muy bien lo que tenía que hacer. Me pareció que había envejecido de repente. Mi padre también la acompañó, mucho más sereno que la última vez que lo había visto. Está bien, dijo, está bien, te casarás con él. Esperaba algo mucho mejor para ti, un hombre por encima de todos los demás, pero ahora que estás estropeada tendrás que conformarte con ese camello.

No sé cómo me levanté de la cama ni cómo volví a ducharme y a vestirme. Esperaba con ilusión el momento en que el psiquiatra entraba en la habitación. Él más que nadie parecía comprender todo lo que le contaba. Cuanto más hablaba con él, menos comida dejaba en el plato. Me retiraron la sonda y por primera vez en mucho tiempo dejé el cuaderno de listas y empecé a escribir. Comencé a ver instantes, imágenes que me esforzaba por transformar en palabras. Y mi letra creció hasta tener un tamaño normal.

Cuando salí no podía dejar de llorar. Me entristecía el hecho de que hubiera sido capaz de escoger la muerte. Mi vida habría podido terminar ese mismo verano, porque no era capaz de defender mi propio derecho a existir tal como era, sin más. También tenía miedo de caer en el pozo de nuevo o de que, una vez pasado el peligro, mi padre volviera a comportarse con su furia habitual. Los vecinos que habían contribuido a nuestra asfixia, los que propagaban alegremente todo tipo de rumores, parecían por completo indiferentes ante mi ingreso en el hospital. ¿Por qué tenían que sentirse ellos aludidos si lo único que habían hecho era hablar? Mi enfermedad se convirtió en un cotilleo más, una información que los entretuvo un par de tardes de aburrimiento.

La pedida de mano fue incómoda. Yo me senté en la punta de uno de los divanes de la salita de recibir visitas. No levantaba la mirada del suelo. Lo único que vi de Yamal fueron los pies y casi podía oír las mandíbulas de mi padre apretadas, los músculos con ese movimiento incesante. No sé muy bien cómo fue la comida. Ni cómo se hablaron los dos. Yo no me atrevía ni a respirar. Pues hecho, qué remedio, soltó disgustado mi padre, y se fue a dormir a su habitación dejando al invitado solo.

Una semana más tarde ya estábamos en la furgoneta mi padre, Yamal, uno de mis hermanos y yo rumbo a la embajada. Hicimos horas y horas de carretera en silencio. Yo iba al lado del conductor, porque mi padre ni loco habría dejado que me sentara atrás con Yamal. Cuando le daba por hablar soltaba sermones y más sermones sobre los hombres como Dios manda y las mujeres como Dios manda. Que unos tenían que mandar y las otras obedecer si querían preservar un mínimo de dignidad. Que ni se nos pasara por la cabeza hacer lo que nos diera la gana o relajar las buenas costumbres que él me había enseñado. Yo por dentro me reía porque él no me había enseñado más que gritos y palizas, pero no decía nada y pensaba: habla, habla todo lo que quieras, que por un lado me entra y por otro me sale.

En la embajada me dieron un papel que tenía que leer: la hoja matrimonial. Dije que no sabía árabe, y el funcionario, contrariado, me trajo una traducción que ya tenía hecha. Constaba en el papel que yo había traído un certificado según el cual estaba sana y era apta para el matrimonio. Del marido no se decía si era apto para el matrimonio o si no lo era. También decía que yo declaraba haber recibido la dote correspondiente. Lo que no era verdad, porque Yamal no tenía tanto dinero y yo sentía que era una humillación tener que aceptar un pago a cambio de casarme con él, me parecía lo más parecido a prostituirme. Mi madre sabía que Yamal no tenía dinero y le pareció que era un mal comienzo. La dote es como un seguro, dijo, si el día de mañana te dejara tirada, tendrías algo con lo que sobrevivir. Pero yo estaba dispuesta a sobrevivir por mis propios medios, con mi trabajo, y ante el funcionario dije que sí, que había recibido la dote. El día de la boda me puse las joyas de mi madre.

En el barrio y en el pueblo se llegaban a pagar sumas astronómicas por las mujeres más preciadas, las más guapas, con mejor reputación, las hijas de las mejores familias. Cuanto más solicitada estaba una mujer, más subía su valor y más alto era su precio. Una vez conocí a una chica por la que habían pagado el triple de lo habitual en esa época y la miré con interés, intentando entender si valía tanto como se decía, pero lo que más me interesaba era preguntarle cómo se sentía, qué pensaba de venderse así, porque era una mujer guapa e inteligente que incluso tenía una carrera universitaria. Ni tú ni yo recibimos ninguna dote, ya que nos negamos a entrar en ese juego humillante, pero aun así cuando estaba frente a la chica tan cotizada no podía evitar pensar que por mí nadie iba a pagar nunca nada.

La boda ya sabes cómo fue, tú me vestiste. Me regañaste cuando me puse a llorar la noche del sábado con la casa llena de mujeres, me dijiste que estropearía el maquillaje, un maquillaje suave y con un aroma delicioso que me untaste con delicadeza sobre la cara. Bailamos tú y yo ante las invitadas. Yo me movía poco por la tiara pesada que llevaba, y tú me sostenías la mano teñida de henna. Al día siguiente, cuando vino a buscarme el novio, tuviste que ajustarme el vestido blanco, porque me quedaba holgado. Y sentí tu aliento cerca cuando me pusiste el velo en la cara y me miraste, y te sonreí.

Mi madre lloraba y mi padre lloraba. Todo el mundo en la salita de invitados adonde vino a buscarme Yamal lloraba. Lo acompañaron mis hermanos, porque mi padre no quiso que en casa entrara ningún hombre ajeno a la familia. Todo parecía muy pequeño, los *iuius* de las mujeres inundaban la escalera y se elevaban en medio de las tres torres. Yo estaba allí, pero me sentía como si no tuviera peso, como si todo fuera un sueño. ¿Te acuerdas de que de vez en cuando me decías sonríe? Venga, sonríe, me repetías cuando nos hacías las fotos. Yamal tenía los ojos fijos en el suelo todo el rato. Llevaba un traje negro, camisa blanca y pajarita, y sudaba. Sudaba sin parar porque estaba rodeado de todas esas mujeres desconocidas. En las fotos que revelamos unos días después se percibía un aire de tristeza. Parecían todas malas, y no había rastro de la alegría propia de este tipo de celebraciones.

Me fui de casa y lo hice del modo correcto, el legal, la única forma posible para nosotras. Mi padre le decía a mi madre en momentos de calma: por lo menos no se ha ido con un cristiano y no ha huido como han hecho otras. Podían estar contentos, porque ahora ya estaba colocada en mi propia casa, mi habitación propia, decían, y podían dejar de preocuparse por esa sustancia pegajosa que era el honor.

Cuando estuvimos en la casa de Yamal —había comprado una cama de segunda mano y un armario de formica con la idea de arreglarla un poco para la boda—, tú te quedaste un rato, hasta que quieras, me dijiste. Se me hacía extraño saber que ahora viviría allí. El baño era un plato de ducha blanco sin mampara y la cocina una encimera de cemento con unas cortinas que tapaban dos bombonas de butano. De repente me sentí herida por ese color naranja.

Quería que tú y Sam estuvierais conmigo esa primera noche. Aunque no era la primera vez que me quedaba a solas con Yamal, dormir con él era distinto. Sería la primera vez que lo haría lejos de mi madre y mis hermanos. Sentí vértigo y que el suelo se movía bajo mis pies.

Al día siguiente tuvimos que mandarle un trozo de tela manchada de sangre a mi padre para demostrarle que estaba como mi madre me había traído al mundo. Pero no se lo creyó, porque decía que la sangre podía ser de cualquier lado. De todas formas, cumplimos con el ritual aunque fuera denigrante, para acallar los rumores. Me sentí una hipócrita y no supe ver que esa primera concesión traería muchas otras. A la mañana siguiente de la boda me levanté por primera vez sin los puños agarrotados como llevaba despertándome siempre desde hacía años. Ni tenía las piernas endurecidas. Al abrir los ojos no sabía si estaba en un sueño: me despertaron los distintos olores de la casa, el silencio extraño y la calidez de un cuerpo que respiraba a mi lado. Yamal me contó que me había pasado toda la noche llorando, sollozando sin parar, y que no sabía si era porque me había hecho daño. Que después me agarré a él y ya no lo solté ni un instante. Y esa mañana me dijo: no te preocupes, a partir de ahora todo será distinto, seremos felices y yo cuidaré de ti, seremos como los dedos de una mano. Había cumplido dieciocho años y era una mujer casada.

SEGUNDA PARTE

I

Fue como salir por primera vez a la luz del mundo. Lo observaba todo con un entusiasmo infantil. Los colores me parecían más vibrantes, la luz más cegadora. Por dentro escuchaba canciones de ritmo galopante y quería bailar. Me habría puesto a bailar en medio de la calle. Ya no eran tristes canciones de amor las que se repetían en mi cabeza, eran melodías electrizantes, la banda sonora de un tiempo por venir, un tiempo por vivir. Estaba en la misma ciudad periférica, rodeada por los mismos edificios, el mismo paisaje desolador, caras anónimas con las que me había cruzado infinidad de veces, pero nada era igual. ¿No se daba cuenta toda esa gente de mi transformación? ¿No veían mi cuerpo liberado de todas las ataduras? ¿No detectaban en mi rostro la alegría de quien ha escapado a la vigilancia permanente, a la amenaza constante del castigo?

No, claro que no, para las personas con las que me cruzaba yo no era más que una chica joven que andaba por la calle, una de tantas. Con un tono de piel, un pelo y unas facciones que denotaban una procedencia remota, pero nada más.

Yamal y yo salimos cogidos de la mano a la mañana siguiente de casarnos. Yo metía mi mano en el bolsillo trasero de sus tejanos y me sentía como una adolescente. Una adolescente casada. Nuestros pasos se sincronizaron, y yo alzaba la vista para mirar el cielo como si no hubiera obstáculo alguno en este mundo, como si entre el infinito, la eternidad y yo no hubiera ningún impedimento, ninguna frontera. Nuestra relación salía de la clandestinidad, era legal y al fin sabría lo que era estar todo el tiempo con Yamal, dormir con él, aburrirme con él. La vida conyugal de la que se quejaban tantos escritores cuyo malestar yo no podía comprender. ¿No se daban cuenta de que disfrutar de la compañía de la persona que amaban era un privilegio? Yo estaba impaciente por descubrir la monotonía de la que tanto hablaban.

Podía disponer de mi tiempo como quisiera, podía hacer lo que me diera la gana. Así era: lo que me diera la gana. Todo o nada. Y con Yamal a mi lado. Y tú más cerca que nunca, porque ya no tenía que pedir permiso para ir a verte. Después del primer paseo agarrando a mi flamante marido, lo siguiente que hice fue visitarte en el salón en el que trabajabas. El enésimo ya. Eras muy buena, bastaba con observar tus manos ágiles y veloces sobre la cabeza de las clientas para darse cuenta, tenías un talento natural. Pero cada vez que llevabas trabajando el tiempo suficiente para que te ofrecieran un contrato fijo te despedían. Era desesperante. Así son las leyes, me decías. Tarde o temprano tendré que abrir mi propio negocio. Pero para eso debías ahorrar y tú no sabías, no podías. Tu madre te regañaba por comprar cosas inútiles como cajas bonitas para guardar la ropa de otra temporada o todas esas plantas que hacían que tu salón pareciera un oasis. Vestidos, zapatos, maquillaje. ¿Qué edad tenías? ¿Veintiún años?

Fui a verte y esperé a que terminaras con una clienta. Te abracé como había deseado todo ese tiempo, pude oler tu pelo sedoso, que me rozaba las mejillas. Soltaste esos gritos tuyos que se me contagiaban, y la dueña de la peluquería nos echó una mirada. Recogiste el cabello muerto de otras clientas que había en el suelo, te quitaste el uniforme y nos fuimos. En tu casa lo tenías todo preparado para transformarme. Al fin sería como quería ser. Mientras esperábamos a que el producto alisador hiciera efecto, con mi cabeza envuelta en papel de film y tus dedos manchados de tinte, bebimos refrescos y comimos patatas fritas. Ya no estábamos a dieta, ya no hacía falta. Podíamos comer lo que nos diera la gana.

¿Estás segura? Sí, corta, corta, y de repente tres cuartas partes de mi larga melena cayeron al suelo. El espejo me devolvió la imagen de otra persona. Estaba preparada para buscar trabajo.

Quería hacerlo todo contigo. A veces incluso me apetecía más estar en tu compañía que en la de Yamal. Con él aún no podía ser yo misma. A tu lado no tenía que preocuparme por nada. Con mi marido, aunque estábamos de lo más enamorados, todo era nuevo, tenía la sensación de estar adaptándome a él, de que tenía que ir con cuidado. Había una distancia entre nosotros que no sabía de dónde venía, pero estaba segura de que con el tiempo se acortaría, iríamos conociéndonos hasta que pudiera estar tan cómoda con él como contigo. Aprovechaba cada rato que tenía libre para visitarte. Podía hacerlo, era libre.

Tuve que ir sola a matricularme en la universidad. Sola por el mundo, al fin. Lejos de todo después de cruzar las vías, de tomar un tren temprano, luego hacer trasbordo y entrar en el metro con ese embrollo de confusión y velocidad. ¿Y si me perdía? Pero qué tonta eres, me decías, ni que fueras tu madre, ni que fueras una analfabeta que no conoce la lengua ni sabe leer mapas. ¿Pueden las hijas de las analfabetas ir a la universidad? ¿Y si me equivocaba? ¿Y si las clases se me hacían incomprensibles, si no era capaz de pasar los exámenes y se demostraba que las moras de barrio no podían ir tan lejos, ni entrar en sitios en los que ninguna mora de barrio había entrado antes? ¿Se darían cuenta mis compañeros y profesores de que yo venía de donde venía? ¿Me exigirían más por eso o me darían una palmadita condescendiente en la espalda?

Estás cargada de tonterías, me dijiste, tú eres tú. No eres ni el barrio, ni el pueblo, ni tu madre ni tu padre. Yo te conozco y sé que eres capaz de conseguir todo lo que te propongas. Nadie se va a fijar en si eres la primera mora o la última.

Y así fue. En aquellas aulas centenarias, los alumnos iban de una clase a otra, y cada vez que me sentaba en una tenía compañeros distintos. Decenas de estudiantes, muchos de mi edad, otros mayores. Me saludaban, se presentaban, me hablaban, y yo ya no esquivaba las miradas ni me iba corriendo al terminar. Nos quedábamos a charlar y eran conversaciones estimulantes sobre las materias, la reputación de los profesores, la actualidad o la política. Fui soltándome poco a poco, al principio con timidez, luego ya con más confianza. No me daba vergüenza intervenir en clase y no tardé en tener mi propio grupito. Coger el metro, el tren, otro tren, cruzar la vía y entrar en la casita sin enyesar de Yamal era como remontar una cuesta después de haberla bajado extendiendo los brazos con alegría, sintiendo el aire en la cara. Pero él me había prometido que nos mudaríamos pronto. No a Barcelona, donde era imposible pagar un alquiler, pero sí al centro de nuestra ciudad periférica.

Empecé a buscar trabajo sin cesar. Preparé un plan exhaustivo. Currículums que fotocopiaba en la universidad con una foto en la que no había ni rastro de mis rizos. Limpia, lisa y ordenada. Intentando parecer siempre lo menos mora posible. Pensaba así entonces, ¿te acuerdas? Que para encontrar trabajo tenía que disimular todo lo que me hiciera parecer extranjera. Acento no tenía, cuando llamaba por teléfono nadie se daba cuenta de mi procedencia. Hasta que decía el nombre. Una vez llegué a mentir. Dije que me llamaba Ana. Todo habría sido más fácil si me hubiera llamado Ana. Tiré de contactos, de las personas que conocía, pero el teléfono sonaba pocas veces. Te llamaremos, sí, te llamaremos.

No me desesperaba, me había vuelto un poco como tú. Seguía y seguía recorriendo las calles, atenta a los carteles de las ofertas. Tarde o temprano saldría algo. ¿No tenía yo un expediente académico impecable? ¿No estudiaba en la universidad? Había miles, millones de mujeres trabajadoras capaces de compaginarlo todo. Puede que idealizáramos un poco las circunstancias de nuestras vecinas no musulmanas, puede que no todas fueran tan independientes como nos parecía desde fuera, pero esa idealización nos sirvió para seguir el camino hacia una libertad que íbamos descubriendo a medida que la conquistábamos. La cucharita en la muralla, ¿te acuerdas? Poco a poco, paso a paso. No había otra opción, no podíamos mirar atrás.

Llévame al mar, te dije, llévame a ver el mar. Te lo pedí a ti y no a Yamal. Vayamos a la playa. Los lunes tenías fiesta, yo me salté las clases y me subí a tu Mercedes. Casi todo el trayecto lo pasamos en silencio. Llegamos a un pueblecito sin grandes edificios que conservaba el encanto de las casitas de antiguos pescadores. Dejé de hablar. No podía, no había palabras que bastaran para describir lo que veía: la enorme extensión de agua que rozaba el cielo, el horizonte sin fin, el rumor somnoliento de las olas. Hoy está muy calmado, dijiste. Es bonito así, el agua parece un espejo. Pero yo he visto el mar en un día de tormenta y creo que también te gustaría. Puede que te guste más que ahora.

Quedé por un rato como suspendida en el aire, casi sin respirar. Te reías de mí. ¿Cómo no me habías enseñado antes algo así? Si ya conocías aquel lugar, ¿por qué habías tardado tanto en llevarme? Nos sentamos en la arena a comer los bocadillos de tortilla francesa que habías preparado. Crujiente con el relleno meloso. Quise quedarme así para siempre, envuelta contigo en el silencio que las olas nos imponían.

II

Cuando mi madre me vio entrar en el piso con el pelo corto, los tejanos ajustados y los labios pintados me miró como si viera a un monstruo. Empezó con todos esos *aiiaws*, a alargar las vocales, invocó santones, ahuyentó al demonio y me agarró por el brazo para meterme en la que había sido mi habitación. Como te vea así te va a matar. Y luego me matará a mí. Pero si soy una mujer casada, le dije, y el único que puede decirme lo que tengo que hacer es mi marido. Pero no la convencí. Me obligó a desmaquillarme, buscó una camisa larga que me tapara y me puso un pañuelo sobre la cabeza. Si quieres seguir viéndome, añadió, así es como tienes que vestir.

Luego me contó todos los chismes que corrían por el barrio. Que era un escándalo que una mujer casada fuera por la calle con esas pintas. Contuve la respiración sofocando el grito que me oprimía el pecho. No voy a ser como tú, no voy a taparme ni a encerrarme ni a renunciar a nada. No se lo dije, no quería herirla, porque de ese piso de techos bajos ella no podía huir, pero hice lo que me pedía con el convencimiento de que a partir de entonces la vería poco.

Se lo conté indignada a Yamal al regresar a casa. Es normal, dijo, es normal que llames la atención. Pero soy yo el que se tendría que quejar, no tu padre. Lo importante es que a mí no me importa. De repente, las paredes sin enyesar me parecieron lijas abrasándome la piel. Pensé en el frío que vendría, en las humedades que se formaban en el cuarto que era dormitorio y salón y todo lo demás. Pensé en el plato de ducha blanco con el agua desparramándose cada vez que lo usábamos. Y tampoco dije nada.

Yamal soltaba muchos discursos sobre el matrimonio. Ya sabes, que éramos los dedos de una mano, que debíamos unir esfuerzos, ayudarnos, pero luego dejaba el mono de trabajo grasiento amontonado en un rincón y fumaba dentro de casa (y fumaba sin parar). Tú habías acostumbrado a Saíd a dejar los zapatos fuera, a fumar en el balcón, le mandabas tareas domésticas. Tu madre decía que a los hombres había que educarlos desde el principio: tenéis que ser muy firmes con ellos desde el primer día.

Yo no fui firme, me creí todas las palabras bonitas que soltaba Yamal, frases y más frases que caían al suelo como la ceniza de sus cigarrillos, palabras que nunca se traducían en hechos. Ni cuando tenía un examen o un trabajo por terminar. Me mantenía, es cierto, con eso ya podía estar contenta y agradecida, me acogía en ese cubículo espantoso adosado al taller mecánico. Pero nada más. Los primeros días salimos mucho juntos, cuando no estaba contigo o en la universidad o buscando trabajo estaba con él. Todo fueron primeras veces: primera vez en salir de noche, en tomarnos un café, en ir al cine. Incluso llegamos a comer en un restaurante chino. Lo que me pareció como ascender de repente, pasar a formar parte de otra clase social, a pesar de que era un menú barato. Cogidos de la mano siempre. Hasta que un día nos encontramos con un amigo suyo del barrio y me la soltó de repente. Los dos hablaron como si yo no estuviera presente. Creo que fue entonces cuando dejó de hacerlo, cuando dejó de entrelazar sus dedos con los míos cuando estábamos fuera de casa, y pensé que quizá era eso de lo que hablaban los escritores aburridos, del amor que de repente parece más pequeño. ¿Y si se extinguía del todo?

Por las noches, tumbados en la cama de segunda mano, ya no me apretaba la cabeza contra la almohada ni me separaba las piernas con una de sus rodillas. A menudo, cuando lo tenía encima, me distraía mirando telarañas o pensando en alguna lista. Cuando no estaba en casa aprovechaba para volver a las fantasías, ahora sin detener mi mano. Empecé a pensar que Yamal se mostraba tan desapasionado conmigo porque ya me había usado, ya estaba estropeada. Imaginaba que me había ensanchado cada vez que me había penetrado y que por eso ya no sentía placer.

Luego le dio por irse de repente, por salir sin decir adónde iba. La primera vez ni siquiera entendí lo que pasaba. Cogió las llaves y dijo: ahora vuelvo. Vi a mi padre saliendo sin decir adiós. Pude oír la voz de quienes repetían que un hombre no tiene que dar explicaciones. Eso los hacía hombres.

Te lo conté y me dijiste que con Saíd te había pasado lo mismo, que después de muchas discusiones habías decidido no librar esa batalla. Van a los bares donde no hay más que hombres, eso es lo que hacen. Así que ya no va a aquel bar alternativo de los estudiantes. No vamos a conseguir que cambien de un día para otro, habrá cosas con las que tendremos que conformarnos. Créeme, me dijiste, es mejor guardar las fuerzas para cosas más importantes. ¿Qué más daba que se fueran así si nos querían y eran mucho más buenos que los otros hombres del barrio?

Yo tenía que ocuparme de las tareas de la casa porque él trabajaba todo el día y llegaba cansado y me mantenía, pero a veces me perdía en un libro y me olvidaba de todo. La lectura, también ahora como mujer casada, me servía para protegerme de la vida, una vida que aunque creía haber escogido libremente en realidad se parecía poco a la que había imaginado. Las paredes sin enyesar, el frío en lo más crudo del invierno que me obligaba a ponerme tres pares de calcetines y no sé cuántas capas de ropa y enterrarme bajo infinidad de mantas, el olor nauseabundo de la gasolina y la grasa de mecánico, el de Yamal, el paisaje gris que rodeaba aquel habitáculo que llamábamos hogar, deslucido e insípido, todo desaparecía cuando estaba concentrada en un texto. Las voces de tantos personajes inventados o reales me resultaban mucho más cercanas y familiares que la de mi propio marido. La belleza de las palabras, la sensibilidad, la comprensión del sentido más profundo de la existencia que encontraba en las páginas escritas me reconfortaban como amor de madre. Me olvidaba de Yamal y de todo sumergiéndome en la lectura igual que había hecho cuando estaba en casa de mis padres. Y así iba aplazando la vida que transcurría en tiempo real, sustituida por la literaria, que nunca apestaba a polígono industrial. Por eso siempre se me quemaba el estofado, se derramaba la leche, se pasaba el arroz. Había que poner la lavadora, tender la ropa, ir a comprar, pero yo me quedaba charlando con los compañeros de la universidad y casi perdía el tren. Ellos eran muy distintos de la gente del barrio. No me imaginaba que ninguno pudiera salir de casa sin decirle a su mujer adónde iba. Ni que arrojara el mono grasiento a un rincón.

Descubrí lo de los porros. A veces Yamal salía para fumar y luego volvía con los ojos entornados, dejaba de apretar la mandíbula y olía distinto. Él lo negaba siempre, decía que era tabaco de liar, que olía muy parecido, y si insistía le cambiaba la expresión, la mirada se le oscurecía otra vez, lo exageraba todo, me acusaba de desconfiar de él, de interrogarlo. Ahora que me tienes, con todo lo que he pasado para casarme contigo, ahora quieres dejarme. Era absurdo, pero siempre terminaba por convencerme de que él era muy bueno y yo una bruja controladora.

Seguía buscando trabajo. Todo lo que ganaba en las clases particulares me lo gastaba en transporte, y muchas veces iba por el mundo sin un céntimo en el bolsillo. Si necesitaba algo, le tenía que pedir dinero a Yamal. Algo humillante, nada que ver con la libertad y la independencia. Cogía las páginas amarillas y llamaba a las empresas preguntando si necesitaban a alguien. Tenía intención de apuntarme en todas las empresas de trabajo temporal, pero al entrar en la primera me dijeron que mi permiso no era válido.

Nunca me había fijado en que mi tarjeta era solamente de residencia. Recordé las palabras de mi madre: tan lista para los libros y tan tonta para las cosas de la vida. No necesitaba ningún permiso especial para leer o escribir, lo único que me había preocupado hasta entonces. En el barrio hasta la mujer más analfabeta conocía mejor que yo todo lo relacionado con trámites y papeles, ayudas y permisos. No fue hasta entonces cuando descubrí que, como hija reagrupada de inmigrante, no tenía derecho a trabajar. Dependía de mi padre. El mismo padre al que había traicionado.

Tenía que tramitar el cambio, pero el proceso tardaría unos dos años. Así que nada de contrato, ni derechos laborales ni ninguna de esas cosas que nos enseñaron en el colegio. Encontré trabajo en un bar al lado de mi instituto, de jueves a domingo. El dueño estaba siempre de mal humor, casi no me hablaba. Un poco como mi padre. Cuando estábamos él y yo solos sentía una desazón extraña que se me iba cuando llegaba su mujer, que era mucho más simpática. Intentaba hacer todo lo que me mandaba y lo que no me mandaba también. No soportaba fregar los baños, me daban arcadas las salpicaduras de orina.

Yamal puso pegas, pero lo convencí de que no nos bastaba con su sueldo. Sobre todo ahora que volvía a hablarse con sus padres y decía que no podía soportar pensar en la miseria en la que vivían mientras nosotros nadábamos en la opulencia. Al casarnos había decidido que ya era hora de ser más responsable, de mandarles dinero todos los meses. Que Dios maldecía a quienes no respetan a sus progenitores. De repente empezó a usar palabras que antes no decía nunca: Dios y progenitores.

Intenté aprender todo lo que veía, memorizar las bebidas, los precios, no esperar a que me dijeran lo que tenía que hacer. Recuperé la ilusión. Conseguiría ahorrar, nos mudaríamos, me compraría un ordenador. Cuando el dueño se enfadaba porque yo no sabía abrir una botella de vino les hablaba a los clientes como si yo no estuviera allí, les decía: ya ves cómo está el personal, que no sabe ni abrir una botella. No podía decirle que era la primera vez que hacía algo así, no podía recordarle que era una mora que no bebía alcohol ni comía cerdo. Me entraba pánico cuando se enfadaba, me imaginaba que me despedía y que tenía que volver a empezar de cero, abrir de nuevo las páginas amarillas.

No hizo falta. Mi padre me siguió un día, sin que yo me diera cuenta, y descubrió que trabajaba en el bar. Amenazó al dueño y este se asustó. Dijo que lo sentía mucho, que no quería ningún problema. Y el problema era yo.

Fue entonces cuando empezó la historia del pañuelo. Cada vez que mi padre me veía por la calle desnuda —ya sabes que decían que las mujeres que no se tapaban la cabeza iban desnudas—, corría a casa a echarle la bronca a mi madre. Ella me llamaba llorando, suplicando, luego Yamal se mostraba de lo más comprensivo con ellos y yo volví a confeccionar listas, a pensar en el lunes, lunes, lunes como si en realidad pudiera hacer algo para adaptarme a lo que querían. Me convertí en una de esas chicas que se tapan y se destapan al cruzar la vía del tren o el río, que se desdoblan adaptándose a lo que cada entorno les exige. Las que nosotras odiábamos por ser unas hipócritas, cómplices del poder de quienes nos querían someter. Chicas a las que la gente no entiende porque llevan vestidos de licra ajustados que les marcan todo el cuerpo al mismo tiempo que se tapan la cabeza y se maquillan en exceso el rostro enmarcado por la tela gris. Van al salón a teñirse y alisarse el pelo, y cuando están estupendas la peluquera las mira sin entender que antes de salir se vuelvan a cubrir la cabeza. Esas chicas que no pueden ser nunca sinceras con nadie, que de tanto ser como los demás quieren que sean acaban por no saber quiénes son. O se sienten unas impostoras en todas partes.

III

Había odiado la expresión «ser de dos mundos». Nosotras no éramos más que del barrio, ni de dos mundos ni nada. Pero entonces tuve que acostumbrarme a ser yo misma cuando estaba en la ciudad para luego volverme invisible para regresar a casa, para visitar a mi madre. No querían que nos viera nadie, era la misma historia que habían vivido nuestras madres. A ellas podían impedirles salir, pero a nosotras ya no podían frenarnos, habíamos crecido con demasiada libertad, pisando el exterior como si estuviéramos en nuestro derecho. Por eso empezaron a ponerse tan pesados con el dichoso velo, pretendían que fuera una obligación religiosa. Nos hablaron de los principios de los tiempos, de Mahoma y sus mujeres, del Corán. Pero yo intenté averiguar cuánto de cierto había en eso y no encontré nada. «Esconded vuestros adornos» era el pasaje que hablaba de cómo tenían que vestir las mujeres. Atrás quedaban las primeras mujeres que habían llegado al barrio y se habían puesto faldas que les llegaban hasta debajo de las rodillas y mostraban sus moños. Incluso tu madre acabó tapándose.

En la universidad hicimos un grupito. Raquel se había sentado a mi lado en Teoría de la Literatura el primer día y empezamos a hablar. Luego me presentó a Álex. Ella era rubia, delgada y siempre tenía una expresión irónica, como si sobre cualquier cosa, cualquier cuestión, supiera algo que los que la rodeábamos desconocíamos. Sonreía incluso cuando se estaba liando el cigarrillo. Cuando hablaba lo hacía con la seguridad de quien sabe cómo es el mundo, algo que yo atribuí al hecho de haber crecido en un barrio normal con una familia normal, con padres que compraban discos y libros, y eran vegetarianos o comían todo ecológico y tenían una segunda residencia en la que pasaban los veranos. Álex era alto, moreno, tendría unos cuarenta años. Cuando me saludaba me llamaba reina mora o querida, o mi querida reina mora. Aunque al cruzar la vía del tren de regreso a casa tuviera que camuflarme, en la universidad no me importaba que Álex me hablara así. En las clases no me encogía sobre mí misma y participaba en encendidos debates teóricos que nada tenían que ver con paredes sin enyesar ni olor a gasolina. Nos sentábamos en los bancos de piedra del patio de naranjos, hablábamos sin parar y yo perdía la noción del tiempo.

También pasábamos ratos en el bar bajo el manto protector del humo, acercándonos mucho los unos a los otros por todas las voces a nuestro alrededor. Raquel siempre quería invitarme, pero yo rechazaba su ofrecimiento porque sabía que no podría devolverle el favor. Envidiaba que pudiera permitirse esos pequeños lujos inalcanzables para mí: un cortado, a veces incluso un plato combinado. Compartía piso en una callejuela del Raval y estaba metida en movimientos de todo tipo. Unas semanas después de conocerla se cortó el pelo al cero porque un chico le había dicho que su melena rubia era símbolo de feminidad. Pues fuera, me dijo, fuera estereotipos de género. Llevaba un brillantito en la nariz que yo no dejaba de mirar, y creo que era la primera persona de mi edad con la que hablaba sobre literatura.

A veces, al acabar la clase de Javier, que era uno de nuestros profesores favoritos, nos quedábamos a charlar con él. Desgranaba con entusiasmo el mito de Edipo, más tarde el de Fausto. Te los conté en su momento. Historias, sí, inventos, no son más que eso. Estaba de acuerdo contigo, pero a él lo escuchaba con fascinación. Ojalá pudieras venir un día, te dije. Era culto, refinado, sensible. Me sentaba en las primeras filas y hacía lo posible para intervenir. Cuando mis preguntas le parecían interesantes o alababa alguna de mis intervenciones, sentía una felicidad infantil. Tonta, pensaba luego, mira que eres tonta. En el tren que me llevaba a la universidad metía el pañuelo en la mochila, me cambiaba la camisa larga por una camiseta ajustada y escotada, me pintaba los labios. Lo hacía por ir como quería, pero también por él. Me miraba en el espejo del baño y ensayaba expresiones, gestos.

A menudo nos íbamos los cuatro a tomar algo fuera de la facultad. Javi era uno más, solo que nos deslumbraba con su labia y sus conocimientos. Tantos límites y normas en el barrio, pensé entonces, y aquí se borran todos, incluso los profesores toman café con sus alumnos. Y hablamos de todo, incluso de sexo. Para Javi, casi todo en la literatura era sexo. ¿Es que hay algo más? Al decirlo me miraba.

Quería darnos textos complementarios para leer y nos pidió que subiéramos a su despacho. Al cabo de un rato se fueron Raquel y Álex, y nos quedamos solos. Me acechaba la voz de mi padre: cuando un hombre y una mujer están solos en una habitación, el demonio hace acto de presencia. Notaba los ojos de Javi sobre mi rostro, sobre mis labios, pero todo lo achacaba a mi mente sucia, podrida por tantos años de «todos los hombres son iguales», «solo tienen una cosa en la cabeza». En un mundo normal, no el oscuro del que veníamos, no había nada extraño en que un profesor hablara con una alumna en su despacho, ni en que la mirara fijamente, ni en que la cogiera del brazo o se le acercara para explicarle el verso de un poema hasta que ella pudiera sentir su aliento rozándole el cuello.

Cuando te lo conté no te lo podías creer. No se puede ser tan ingenua, a estas alturas ya no. Pero yo no era como tú, no estaba acostumbrada a tratar con hombres. ¿Cómo podía saber si les gustaba? Pues se ve, me decías, se nota y ya está. Y volvía a interrogarte: ¿de verdad crees que puedo gustarle? ¿Yo? ¿Así como soy? ¿Y qué importa eso? De repente me hiciste aterrizar a la realidad: eres una mujer casada.

En la oscuridad de la noche, con la cabeza rozando la pared de cemento, pensaba en él: en sus gestos, en la luz que a veces le daba en la cara iluminando sus ojos color miel, en su aliento cálido en mi cuello. ¿Cómo sería besar otra boca? ¿Qué gusto tendría? ¿Cómo sería en la intimidad?

Te hablé de las dos novelas que había leído sobre mujeres que engañaban a sus maridos, una francesa y otra rusa, y que ambas habían tenido finales trágicos. Tu respuesta fue pragmática y contundente: ¿y los que escribieron esos libros eran hombres o mujeres? Dos de los escritores más importantes de la historia de la literatura, y tú respondiste: que sí, que sí, que importantes todo lo que quieras, pero unos machistas que *pa* qué. Yo te lo digo para que sepas lo que haces, no para que acabes bajo las vías de un tren.

Después de la siguiente clase, Javi me invitó a su casa, que estaba cerca, dijo. Me ofreció una cerveza y se la rechacé. Me pidió que lo acompañara a su biblioteca, una habitación tan llena de libros que parecía que se nos caerían encima de un momento a otro. Quería dejarme una antología de cuentos de *Las mil y una noches*. Antes las familias guardaban este libro bajo llave por lo guarro que es. Me leyó algunos pasajes en voz alta y al acabar nos envolvió el silencio. Yo estaba muy quieta y lo miraba a los ojos, miraba sus labios, me preguntaba si no le llegaría el sonido de mi corazón, si notaba que mi carne latía. Escudriñé otra vez sus pupilas intentando leer en ellas. ¿Qué? ¿Qué quería? ¿Qué esperaba? No hizo nada, se sentó a la mesa para enseñarme algo en el ordenador. Algo que ni siquiera vi. Estaba de pie a su lado cuando rozó el interior de mi rodilla con su mano y la fue subiendo. En vez de volver a ponerse frente a mí, me dio la vuelta y se apretó contra mí desde detrás. Me besó el cuello mientras sus manos se deslizaban sin darme tiempo a retener la reacción que me provocaban. De repente sentía un mareo parecido al que tenía justo antes de vomitar. Y salí corriendo.

Llegué tarde a casa y encontré a Yamal hecho una furia. Creí que te había ocurrido algo. No piensas más que en ti misma. Se pasó días sin mirarme, sin hablarme, y yo me preguntaba si es que en realidad sabía lo que había pasado. Hasta que el sábado por la noche, después de cenar en silencio y ponernos a ver ese programa horrible de espectáculos donde una presentadora tenía una cintura tan estrecha que parecía que se iba a romper en dos, sentados en el sofá azul desgastado, me cogió una mano sin decir nada. Y me puse a llorar.

IV

Decidí ser buena, portarme bien. ¿Era para eso
para lo que quería la libertad? ¿Para ponerle los
cuernos a mi marido? ¿Qué vendría después?
¿Hasta dónde podría llegar si me soltaba y empezaba a hacer lo que realmente me daba la gana? A
la única a la que le conté lo que había pasado con
Javi fue a ti. Sonreíste en un primer momento. Bueno. Bueno no, te dije, soy horrible. Traicionera,
desagradecida. No exageres, contestaste, lo que tienes que hacer es aclararte, saber lo que quieres en
realidad. Lo quiero todo. Quiero estar con Yamal
y vivir otras cosas, por probar más que nada. Pues
no funciona así, no se puede tener todo. No, no se
puede.

Me propuse convertirme en una buena ama de
casa. Todo ese verano me lo pasé limpiando: el suelo, las paredes de la cocina, las juntas de los azulejos
del baño. Inventaba rutinas y tareas que me mantu-
vieran ocupada durante buena parte del día. De no
planchar nunca pasé a plancharlo todo, hasta los
calzoncillos de Yamal y los trapos de cocina. Salía
muy poco de casa. Habíamos terminado los exáme-

nes y Raquel pasaría todo el verano en un campo de trabajo en Túnez. Yo, al no tener que ir a Barcelona, llevaba casi todo el tiempo el pañuelo puesto. Me obligué a seguir un recorrido fijo cuando iba al supermercado o a verte o a visitar a mi madre. Lo más atrevido que hice ese verano fue pararme ante los escaparates de las empresas de trabajo, pensando que algún día podría aspirar a esos puestos flamantes que ofrecían: dependienta, administrativa, recepcionista, azafata. Era como Audrey Hepburn frente a Tiffany's, solo que yo no miraba diamantes: mi aspiración era conseguir un trabajo remunerado.

Entonces tú ya estabas embarazada. Te lo noté, ¿te acuerdas? Hacía semanas que estabas un poco cambiada, con un aire distraído. No tardaste nada en empezar a engordar, y todas nuestras conversaciones giraban en torno a los cambios que estabas experimentando. De repente me encontré pensando en si tener o no tener hijos. Era algo que siempre había querido, desde que de pequeña había ayudado a mi madre a cuidar de mis hermanos menores, pero quería esperar a terminar la carrera, a tener un trabajo estable, un piso un poco más grande. Era lo que hacían las mujeres independientes que admirábamos. Tú no habías esperado. ¿Esperar para qué? Estoy en mi mejor momento, soy joven, tengo fuerzas y ganas. Pero ¿y el trabajo?, ¿no era mejor esperar a tener un contrato fijo? Te reíste. Eso sería como si me tocara la lotería.

Transmitías una sensación de plenitud nueva y seguías trabajando. No estoy enferma, repetías, solo embarazada. Pintaste tú misma la habitación de la niña, sería niña, redecoraste el piso. Entonces ya os peleabais con Saíd por esto, ya que consideraba todos esos gastos innecesarios, caprichos de quien quiere vivir por encima de sus posibilidades. Así que en la casa y en la comida tú acababas dejándote buena parte del sueldo.

Qué suerte, un hijo, dijo Yamal al conocer la noticia de tu embarazo. Nada deseo más en este mundo que tener una niña. Una como tú, con sus ricitos para hacerle coletas. Al principio me reí. ¿Un hijo ahora? Imposible. Pero mira dónde vivimos, y no llevo ni un año de carrera y no tengo trabajo. Decía: vale, vale, de acuerdo, pero luego, cuando estaba dentro de mí, me embestía con más fuerza que nunca y justo en ese momento me miraba a los ojos en vez de hundirme el rostro en la almohada y decía: me muero por hacerte un hijo.

El siguiente curso lo empecé ya embarazada, tú estabas enorme, a punto de parir. Llevabas esos vestidos anchos que parecían cortinas. Tuviste que comprar un montón de cosas, casi todas muy caras. No importa, luego te las pasaré. Te guardaré la ropa de la niña. También me dabas la de embarazada cuando te quedaba pequeña. Todo era caro, pero nosotras tendríamos hijos a los que no les faltaría de nada, uno o dos como mucho para poder cubrir todas sus necesidades. Las reales y las que inventaban las empresas de productos de puericultura para hacernos la vida más fácil. Nuestras madres no habían necesitado más que telas y aceite de oliva para criar a sus bebés, pero nosotras éramos modernas. El moisés, la cuna grande, una cómoda con cambiador, armario y muebles a juego. Cremas de todo tipo, pañales, sujetadores de lactancia, pezoneras, biberones. Champú especial, jabón especial, esponja especial. Todo en esa lista infinita de cosas que comprar tenía que ser sumamente especial.

Al fin pudimos mudarnos a un piso del centro. Aunque era un tercero sin ascensor que daba a un tragaluz, con una bañera pequeña de las de sentarte, todas las paredes estaban enyesadas y pintadas, y había armarios de formica en la cocina alicatada. Era la condición que le había puesto a Yamal: que teníamos que mudarnos. Me juró por sus padres, por Dios y por no sé cuántas cosas que iba a ayudarme con la crianza, que podría volver a la universidad después de un año de descanso para cuidar al niño.

La matrícula del segundo curso me la pagó una fundación de la universidad. Raquel me convenció para que aceptara esa ayuda, porque entonces no podía pedir una beca, ya que no tenía la nacionalidad. Tampoco podía solicitar las ayudas para estudiantes extranjeros porque era residente. No era ni una cosa ni la otra, estaba en tierra de nadie. Te conté lo mal que me sentía al pedir la ayuda. Quería demostrarles a quienes decían que nosotros nos quedábamos con todas las que había que yo no necesitaba nada, que podía valerme por mí misma. Pues eso es lo que pretenden, me dijiste, que renunciemos a derechos de los que ellos disfrutan para que no podamos levantar la cabeza.

También me sentí una impostora por el embarazo. Estaba convencida de que, si en la fundación lo hubieran sabido, no me habrían pagado la matrícula, me habrían visto como una Samira que renunciaba a sus estudios para parir un bebé detrás de otro.

Le conté con vergüenza a Raquel que estaba embarazada, creyendo que me reprocharía que hubiera tomado una decisión tan arriesgada a nuestra edad. Me parece muy bien, soltó mientras exhalaba el humo de su cigarrillo. Estamos en nuestra mejor edad, en plenas facultades reproductivas. Tampoco es que vayamos a conseguir un trabajo de la hostia con esta carrera que no sirve para nada, así que bien hecho. Tener un hijo le parecía lo más, algo casi subversivo. Nuestras madres se equivocaron, dijo, las estafaron vendiéndoles la moto de la superwoman. ¿No es cuidar de un niño lo más importante que hay en el mundo? A ellas, las feministas las convencieron de que era mejor ser cajera de supermercado que quedarse en casa con sus bebés.

Mis notas bajaron ligeramente porque ya no tenía el redoble del lunes, lunes, lunes. Estaba tranquila, sin tantas ideas dándome vueltas sin parar en la cabeza. Me crucé un día con Javi y me habló como si en su casa no hubiera pasado nada, me felicitó por el embarazo. Lo miré recordando su aliento y pensé: ya está, ahora estás protegida, con esta panza y estos muslos y este bebé dentro de ti no volverá a pasar, los hombres no volverán a mirarte como te miraba él.

Tú engordaste tanto que tuvieron que hacerte un seguimiento especial. Luego te despidieron. Era arriesgado renovarte el contrato en tu estado. A menudo nos veíamos en casa de tu madre, adonde yo acudía a visitarte. Me gustaba su bastilla, el pastel de pollo con almendras y canela, y esa forma tan cariñosa que tenía de tratarme, siempre atenta a mis antojos.

Tuve muchas manías con los olores. Sobre todo los de Yamal, que no soportaba. Le pedí que dejara de ponerse el desodorante atrapamujeres, me resultaba nauseabundo. Que cambiara de champú y de gel de ducha. Había días en los que todo me olía a huevo crudo. El piso entero, justo después de fregar, me daba ganas de vomitar. Él me decía que eran imaginaciones mías, pero yo limpiaba y volvía a limpiar para quitar ese olor, incluso usaba nuevos productos con otras fragancias. Y nada.

En el salón de tu casa me contaste las fuertes discusiones que teníais tú y Saíd, por dinero, casi siempre por dinero. Ahora que no tenías trabajo le pediste que se ocupara de más de la mitad de los gastos, pero él no estaba dispuesto. Ese era el trato desde el principio. Que no fueras a tener baja por maternidad o que tú estuvieras poniendo el cuerpo para tener un hijo no parecía importarle.

Mezclabas leche muy fría con Petit Suisse de fresa y nos lo bebíamos sentadas en los divanes de tu salita mientras en la televisión Britney Spears ponía cara de inocente colegiala con su falda corta y sus coletas. A veces competíamos por ver quién aguantaba más rato el vaso sobre la barriga. Bailábamos moviéndonos lentamente, o levantábamos las camisetas y hacíamos que nuestras barrigas se tocaran para que los niños se hablaran. Imaginábamos que nuestros hijos crecían juntos y felices y que el día de mañana contarían que se conocían desde antes de nacer. Nos sentíamos protegidas a pesar de la incertidumbre.

Tuviste una niña de pelo oscuro después de una cesárea de urgencia. Fui a verte al hospital. ¡Era tan bonita! Cuando la mirabas, vi en tus ojos, ya entonces, una sombra que me recordaba aquella que detecté el día en que nos conocimos. ¿No es preciosa?, me dijiste cuando me dejaste cogerla en brazos, pero en tus palabras había cierta tristeza. Yo no había pasado por esa experiencia y no podía ponerme en tu piel. Tal vez estuvieras cansada, todavía con dolor por los puntos. Cuando nos quedamos un momento solas empezaste a llorar. No me hagas caso, son las hormonas.

No tuviste tiempo de recuperarte después de dar a luz. Ese parecía un privilegio al alcance de pocas, nada de lo que pudiera disfrutar una peluquera de barrio mora a quien nadie había querido hacerle un contrato fijo. Había que criar con apego, decía uno de los libros que había leído yo, ¿pero cómo se hace algo así cuando te llaman para ofrecerte un trabajo tres días después de parir y no puedes decir que no?

Tu madre te dijo que te habías metido en una trampa al haber organizado tu matrimonio de esa forma, que hombres y mujeres no somos iguales y tener que dividir todos los gastos por igual acababa siendo injusto. Sobre todo cuando se tienen hijos. Que merecías descansar y recuperarte, que dar a luz no es ningún paseo. Pero tuviste que sobreponerte a la incomodidad, al cuerpo que aún no había vuelto a su forma normal, la piel holgada, tomarte la pastilla para cortar la leche, enfundarte en tus pantalones negros, maquillarte y salir a ganarte la vida. No había otra. No importa, repetías, ahorraré y abriré mi propio negocio y tendré más independencia que ahora. Solo que el nuevo salón tenía unos horarios mucho más amplios que los demás, a menudo te pedían hacer horas extras o colaborar en sesiones especiales que les encargaban los fines de semana. Era un buen trabajo, en realidad. Estabas aprendiendo mucho, avanzando como profesional. Pero no tenías tiempo más que para llevar y traer a la niña de casa de tu madre. No dormía por las noches y tú te arrastrabas como podías. Fue entonces cuando tu madre se ofreció a quedarse con la niña también por las noches. Nunca hablaste de la habitación que le habías decorado con tanto gusto y que estaba casi siempre vacía. Ni de lo que supuso para ti tener que renunciar así a verla crecer. La primera sonrisa, el primer paso, la primera palabra. Por eso, en vez de abuela, a tu madre la llamaba *iimma* y a ti por tu nombre. Y contigo ha-

blaba una lengua y con tu madre, otra. Y su padre, me confesaste muchos años más tarde, en realidad nunca había querido tenerla. Tú sí, tú la
habías deseado mucho, pero nadie te llamó nunca
mamá.

V

Mientras Raquel empezaba un Interrail por toda Europa y me iba mandando postales, yo leía todos los libros de crianza que podía y asistía a las clases de preparación al parto, donde era la única mora. Las otras madres me miraban por eso, pero también porque todas eran mayores de treinta y cinco años y yo les parecía muy joven. La comadrona nos enseñaba a respirar y también a hacer ejercicios para mantener el pecho en su sitio, decía su sitio cuando contraía los pectorales.

Estaba ensimismada con todo lo que le estaba pasando a mi cuerpo, de repente seguía su curso sin que yo tuviera ningún poder sobre él. Lo cual era extraño después de haber pasado tantos años intentando controlarlo.

Cuantos más libros leía sobre embarazo y crianza, más confundida me sentía. Unos decían una cosa, los otros la contraria. Las mujeres hemos tenido hijos toda la vida, repetía mi madre, y no nos ha hecho falta leer libros para saber lo que teníamos que hacer.

Tenía veinte años cuando empezaron los dolores.

Tenía veinte años, estaba muerta de miedo y pensaba en todas las niñas de nuestro pueblo que parían siendo aún más jóvenes, sin epidural, sin asistencia médica de ningún tipo. A pesar de que yo tenía todas esas cosas que daban tanta seguridad, lo cierto es que de repente lo vi claro: en el principio de la vida está la posibilidad de la muerte. Me vino a la mente así, como una verdad revelada y ancestral, una información solo al alcance de las que hemos dado a luz. Que el cuerpo se dilatara hasta adquirir unas dimensiones impensables hacía un rato y que sucediera justo en el momento en que el ser que crecía en su interior estaba preparado para la vida me parecía un milagro. Me hacía la valiente porque había leído y había comprendido lo que había que comprender. Era una mujer del siglo XXI que vivía en un país avanzado, pero lo cierto es que tenía veinte años y no quería, no quería, no quería parir. No tenía otra opción, no podía no dar a luz, no podía ir en dirección contraria a la vida, desandar lo ya recorrido, deshacer el camino hasta ese momento. Aunque estuviera muerta de miedo, nadie podía parir por mí. Hasta que el miedo fue tan grande que ya no pudo crecer más. Entonces me olvidé de todo y me dije: ¡salta!, salta hacia delante y dentro de nada ya estará, se habrá acabado todo.

Duró un día entero, con su noche. Un día de dilatar muy despacio, de dolor y agotamiento, sueño y vómitos. Empujar cuando ya no podía ni respirar, sacar fuerzas de la nada para ver emerger de debajo de la tela turquesa un amasijo rosa que era un nuevo ser humano. Una persona que crecería hasta hacerse mayor y amaría y sufriría y gozaría y lloraría. Alguien de quien yo, desde entonces, tendría que ocuparme todos los días, todas las horas, alguien a quien le importarían poco mis neurosis y traumas, que me sujetaría a la vida y me daría más razones para resistir y avanzar de las que tenía yo por mí misma.

En la clínica quisieron ponerme en una habitación con otra mujer marroquí —ya sabíamos por otras madres que tenían esa política—, pero no para que las parturientas estuvieran con otras mujeres como ellas, sino para no molestar a las que no eran moras, las parturientas limpias que no olían raro y a quienes visitaban pocos familiares. Me negué a aceptar ese reparto que solamente se nos aplicaba a nosotras.

Mi madre me trajo caldo de pollos jóvenes y pan tierno, y lo engullí todo como si viniera de la guerra, como si me hubiera consumido. Yo, que no soportaba a la gente que llevaba comida a los hospitales, le agradecí ese caldo especiado y nutritivo. Durante meses no hice otra cosa que comer *sellu* y amamantar, cambiar pañales y amamantar, robar unos minutos de sueño y amamantar. Mientras Raquel me escribía cartas desde París, donde estaba haciendo un Erasmus, yo intentaba descifrar el llanto del niño. Aunque agotador, fue un tiempo reconfortante. Tenía algo importante que hacer, de mí dependía la supervivencia de esa personita que tenía en mis brazos. A veces, cuando chillaba durante horas, lo mecía sin parar y le cantaba nanas que había aprendido de mi madre y había olvidado completamente.

De vez en cuando, mi voz intentando sobreponerse al llanto se rompía y éramos dos los que llorábamos, el niño y yo.

Fui tan ilusa que antes de parir estaba convencida de que durante ese año sabático podría escribir. El niño dormiría y yo leería y escribiría. La imagen idílica que tenía de la maternidad, alimentada por tantos libros y revistas, no se parecía en nada a la realidad. Ni hermosas escenas en color pastel, ni nubes esponjosas ni música celestial, el súmmum de la felicidad femenina representado por la publicidad no existía. Y si existía, no había entrado en ese piso sombrío que estaba hecho un asco, con ropa tirada por la salita, la comida por hacer y la lavadora por tender. Lo raro fue que había olvidado lo que había visto en casa, lo agotador y absorbente que había sido para mi propia madre criar a sus hijos.

Los pechos se me llenaron de leche hasta dolerme, mi cuerpo, el de mujer, había desaparecido bajo esas dos pelotas enormes y duras con las que no encontraba nunca la postura para dormir, y la piel de la barriga me quedaba holgada porque el niño ya no estaba dentro, y de repente eché de menos el embarazo, a pesar de que el tercer trimestre se me había hecho eterno. Ese vacío en el vientre me producía una desazón como de muerte. Pensaba: tienes la muerte aquí metida, en estos pliegues, y echaba de menos sentir al niño moviéndose dentro de mí, cuando podía tocarle los pies o los dedos de la mano a través de mi piel.

Si me miraba en el espejo, no me reconocía, era otra mujer la que me devolvía el reflejo. Una mujer con la cara hinchada llena de manchas negras, deformada, extraña, joven y vieja al mismo tiempo. No quería ver a nadie. Ni siquiera a ti. Una vez que quedamos me costó un esfuerzo enorme arreglarme para salir.

El niño era precioso, pero distinto de como lo había imaginado, como el hijo de otra madre. No le pinté los ojos de khol, como solían hacer nuestras madres, ni le puse un rosario al lado de la cabeza cuando dormía.

Yamal perdió el trabajo justo entonces. Muy bien no supe qué había pasado, llevaba bastante tiempo en el taller, pero decía que eso eran asuntos de trabajo. Como si yo no pudiera entender cosas de ese tipo. Así que se quedó en el paro. Dijo que estaba tranquilo, que tenía dos años. Aunque antes de eso ya no íbamos muy sobrados de dinero. Él tenía un sueldo que podía cubrir el alquiler del piso y la vida más bien austera que llevábamos, pero a menudo desaparecía dinero de la cuenta y yo no conseguía saber adónde iba. Me decía que era para cosas suyas, pero era más de lo que costaban el tabaco o los cafés en el bar. Cuando insistía mucho en averiguar qué estaba pasando me recriminaba que me gastara dinero en peluquería y maquillaje o que dejase que la comida se estropeara, algo que trae la desgracia. Si tiras la baraka que Dios te da, la baraka te abandona.

Del niño no se ocupaba demasiado, como mucho lo cogía un rato cuando estaba tranquilo, a veces le cantaba, se entretenía con él. Cuando lloraba por la noche no lo oía nunca. A pesar de que estaba sin hacer nada, no se ocupaba de las tareas.

A veces decía: bueno, va, te ayudo, dime lo que tengo que hacer. Entonces yo explotaba. Gritaba y gritaba que para qué había prometido ocuparse de nuestro hijo. Yo lo odiaba más que nunca cuando cogía la puerta y se iba.

Le dio por ir a la mezquita, rezar y hablar de religión. Se compró una chilaba blanca que se ponía para estar por casa. Ahora soy padre, dijo, tengo que ser un buen ejemplo para mi hijo. Y me soltaba sermones. Yo estaba agotada, lo único que quería era cerrar los ojos, ducharme sin estar pendiente del llanto del bebé, tener un rato para mí misma, y él me contaba que en el Corán estaban todos los descubrimientos científicos más avanzados. O me explicaba lo buena que era nuestra religión para las mujeres. No somos iguales, está equivocada esa idea y no es propia de nuestra tradición. El islam reconoce las diferencias, es mejor hablar de complementariedad. Esto yo lo escuchaba con un pañal sucio entre las manos. Él tenía que ser el cabeza de familia, el guía espiritual. Le recordé que no hacía ni dos días que se tomaba sus cervecitas en el bar.

Un día estaba sola en casa. No había cerrado los ojos en toda la noche. El niño dormía en el moisés y me acerqué para comprobar que respiraba. ¿Te acuerdas de que siempre hacía eso? Fui al baño y me miré. Tenía el pelo enmarañado, recogido en una coleta, y llevaba uno de esos horribles camisones de mercadillo que mi madre me había regalado para cuando fuera a la clínica, de un poliéster que me electrificaba la piel. Vi unas caderas ensanchadas, un vientre abultado y blando. La que me miraba desde el otro lado del espejo era mi madre, no yo. Ni mis sueños ni mis anhelos, ni mi independencia ni mi libertad. Ni leer, ni estudiar, ni escribir. Entonces abrí la boca y dije: Basta. Al principio vacilando, luego cada vez con más fuerza hasta que lo grité: ¡Basta! ¡Basta! ¡Basta!

Al día siguiente me llegó el nuevo permiso laboral y al cabo de poco tiempo ya trabajábamos juntas.

VI

Dije que solamente sería el fin de semana. Porque el niño era muy pequeño, aún mamaba, y esperaba que Yamal volviera pronto a trabajar. Por eso, al empezar, tú y yo solo coincidíamos los lunes y los viernes en ese albergue. El edificio era antiguo y grande, y tenía unos pasillos larguísimos. Antes había sido un internado para estudiantes y ahora lo estaban reformando por partes. Me encantaba el olor del espray para mopas. Cuando lo rociaba veía caer las gotas minúsculas. Me enseñaste a pasarla sin dejar marcas, el orden y el sentido determinaban el resultado. Limpiar era casi una ciencia para ti: si sigues los pasos correctos, las cosas quedan limpias en el mínimo tiempo posible.

El primer día tenía el vientre retorcido de los nervios, aunque no era más que una prueba. Nos hacían contratos por días, incluso por horas, y dependiendo de lo contentos que quedaban con nosotras nos llamaban para darnos más trabajo. Ahora los contratos temporales de las peluquerías parecían un lujo comparados con tener que esperar a que la ETT llamara para el día siguiente, o a veces para el mismo día.

Me daba igual, no podía creerme que tuviera trabajo y de forma legal. No había encontrado nada que no fuera de limpieza, pero no importaba. Después de todo lo que había practicado en casa, eso era algo que podía hacer. Se esfumó la fantasía de ser una de esas recepcionistas elegantes con uniforme o la dependienta de una sofisticada tienda de ropa.

Daba igual, había que seguir, teníamos que sobreponernos también a ese racismo que consistía en no dejarnos ser otra cosa que mujeres de la limpieza. Me esforcé todo lo que pude, aprendí de ti a sacudir con garbo el plumero, a deslizar la mopa sin descanso, a frotar grifos, enjuagar bayetas. Pensaba en el sueldo, en lo que ahorraría, en lo que costaba la matrícula del curso siguiente.

Como el niño aún mamaba seguí los consejos de los libros de crianza que había leído. Me compré una máquina de ordeñar mujeres y, cuando sentía que los pechos empezaban a gotear, corría al baño. ¿Te acuerdas de que siempre estaba chorreando leche? Me asombraba esa abundancia, una emanación involuntaria capaz de nutrir al niño para que creciera sin parar. También en eso contradije a las feministas que había leído, que decían que dar el pecho era una servidumbre, que esclavizaba. A decir verdad, en esa época ni siquiera me acordaba de todo lo que había leído. Lo único que sabía era que me resultaba práctico dar el pecho, no necesitaba artilugios ni levantarme a preparar un biberón en medio de la noche. Y agradable, además: era algo en lo que había descubierto un placer nuevo y desconocido.

Me acordé de que en su momento tú ni te habías podido plantear darle el pecho a la niña. Pastilla cortaleche, biberón y a la calle, a trabajar. Y en el barrio, en vez de compadecerse de ti, de pensar que no tenías otra opción, se dedicaron a criticarte. Porque una madre es una madre y lo que tiene que hacer es quedarse con sus hijos. Te acusaron de desnaturalizada, de fría e insensible, y lo achacaron a nuestro nuevo modo de vida. Queréis ser modernas haciendo *rmuncar*, soltó en una ocasión la Parabólica, dejar a un hijo recién nacido sin su madre es un pecado grave que tarde o temprano se acaba pagando. Si no es en esta vida es en la del más allá. No hacías caso de ese tipo de comentarios, pero creo que de algún modo sí acabaron calándonos más de lo que éramos conscientes. Como cuando decían que eras de segunda por estar divorciada.

Lo de ordeñarme era horrible, un engorro, por muy bien que lo explicara la comadrona. Si quieres, puedes, nos decía cuando le consultábamos las dudas que teníamos con la lactancia. Guardas tu lechecita en potecitos, la pones en la neverita, te la llevas a casita. Hablaba siempre con diminutivos y aseguraba que darles lo mejor a nuestros niños no dependía más que de nosotras.

No tardó en llegar el suplicio de las papillas y los purés, pesarlo todo, triturarlo para que al final el bebé lo escupiera con su habitual desparpajo. ¿Cómo habían sobrevivido las crías humanas hasta entonces sin batidoras de última generación? Mi madre me había contado que en el pueblo lo que hacían era sacar patatas y zanahorias del estofado y aplastarlas. Pero ¿qué iban a saber las madres del pueblo? ¿Qué iban a saber de la avanzada ciencia de la puericultura? Empecé a darle el biberón al niño y se agarró a él sin problemas. ¡Qué triste! Con qué facilidad me había sustituido por ese sucedáneo de madre, ese simulacro de pezón que mi hijo succionaba exactamente igual que había succionado el mío durante tanto tiempo.

A pesar del cambio a biberón, por las noches se seguía despertando. Como hacía meses que no dormía más de cinco horas seguidas, intenté un método que entonces estaba muy de moda. Consistía en dejar que el niño llorara, no hacerle caso. La teoría, de nuevo, me la aprendí de memoria: acercarte a él cada tantos minutos, decirle cosas para tranquilizarlo sin cogerlo, irte y volver al cabo de los mismos minutos. Y así podíamos pasarnos toda la noche. El niño de pie en la cuna, llorando exasperadamente, y yo delante de él mirándolo como si nada. Él desesperado por que lo cogiera y yo desesperada por cogerlo. Me aguantaba. Hasta que yo también me ponía a llorar y luego cedía. Y volvía a ser una madre de pueblo, analfabeta e ignorante, una madre que no podría trabajar porque era incapaz de seguir ese método. Al final encontré mi propia solución: me quedaba al lado de la cuna leyéndole hasta que se dormía. Le leía en voz alta lo que fuera, casi siempre novelas, y él se quedaba callado escuchándome.

Empezaron a darnos cada vez más trabajo. En escuelas, en oficinas, en restaurantes y tiendas. Llevábamos un ritmo frenético, algo a lo que tú estabas acostumbrada. Decíamos que sí a todos los trabajos que salían. Los horarios eran siempre cambiantes, pero daba igual. Todo daba igual estando tú a mi lado.

Yo echaba en falta al niño y me parecía que era menos mío por todas las horas que me pasaba sin verlo. Tonterías, me decías tú, supongo que resignada al tipo de maternidad que te había tocado en suerte, una madre es una madre, no depende de las horas que estés con tu hijo. ¿Y qué vas a hacer? Tú siempre me recordabas por qué estábamos allí: ¿quieres quedarte mano sobre mano mirando a tu retoño? Yo no podía creerme que no te afectara tener que separarte de la niña. Pero si no podíamos hacer nada al respecto, si no podíamos escoger, ¿de qué servía la culpa? Lo mejor era seguir adelante. También algunos de los expertos en crianza que había leído decían que lo importante no era el tiempo que pasábamos con los hijos sino la calidad. Aun así yo no me acostumbraba a estar de repente sin esa criatura que hasta entonces dependía exclusivamente de mí para sobrevivir.

Nos salió lo del hotel. ¿Te acuerdas? Ese trabajo nos gustaba mucho: por el horario, porque las mañanas pasaban rápido e íbamos juntas, sincronizadas. La dueña, que tenía una voz ronca de beber, siempre con un cigarrillo a medias, nos cronometraba el tiempo que tardábamos en arreglar una habitación. Un pelo, nos decía, se queda pegado en el ojo del cliente y no sale nunca más. Al acabar las plantas bajábamos a la lavandería y el olor del suavizante nos envolvía mientras planchábamos y doblábamos sábanas. Y luego, sin dar más explicaciones, nos llamaron de la ETT para decirnos que no podíamos ir más. Aunque yo siempre intentaba disimular y pasar desapercibida cuando me ponía el pañuelo para volver al barrio, una vez me crucé con la dueña del hotel. Me miró pero ni me saludó.

Al principio trabajaba a escondidas de mi padre. Estaba indignado con que Yamal estuviera en el paro, ¿dónde se ha visto a un hombre que se queda en casa en vez de salir a ganarse el pan para su familia?, ¿dónde se ha visto tal holgazán? Yo no le hacía caso, pero lo cierto es que Yamal y yo discutíamos cada vez más. Llegaba agotada y la casa estaba hecha un asco, al niño le pesaba el pañal de lo meado que lo llevaba y no había nada para comer. Entonces me acordaba de mi madre cuando decía que los hombres son incapaces de cuidar una criatura, que no saben porque no son mujeres. Pero no era tan complicado, antes de irme le decía lo que tenía que hacer. Cuando me encontraba con la salita llena de humo, los juguetes tirados por todas partes, los platos sin lavar y la lavadora sin tender, me daba por gritar y gritar y el niño se asustaba y lloraba, y si quería cogerlo, me rechazaba y se iba corriendo. La respuesta de Yamal entonces era la de siempre: irse sin decir nada.

En vez de entristecerme, de la rabia me ponía a recoger y limpiar y a veces hablaba sola con el niño, que me miraba desde el suelo. Harta estoy, decía, harta de colillas, de comida barata, de este cielo gris, de estas paredes. Harta de tanta mierda. Y seguía pasando el aspirador, el mocho, la bayeta, pero, por más que limpiara, la suciedad seguía por todas partes.

Regresó el redoble del ¡lunes, lunes, lunes! Se volvió más constante, más persistente, iba todo el día a toque de silbato y me decía que solo así saldría adelante. Que ahora tenía un hijo por criar y una carrera por acabar. Volvía a estar a dieta porque había engordado mucho, cada lunes empezaba una distinta. Restricciones imposibles para unos cuerpos que no paraban nunca, que tenían que moverse sin descanso. Me acordaba de la fuerza de voluntad que tenía antes de estar casada. ¿Por qué no conseguía ser como entonces?

Incluso volvimos a correr, aunque Sam ya se había marchado de la ciudad, había encontrado trabajo en un hotel de lujo de la costa. Supe por ti que acabó casándose con un hombre negro, como había querido siempre, y que tenía un niño precioso. A menudo echaba de menos sus bromas, la alegría que me había contagiado durante los años más oscuros en el barrio, pero no me extrañó que se hubiera ido. Para que no nos viera nadie cogíamos tu coche y nos íbamos a las afueras, hasta un pequeño monte rodeado de carreteras donde había un camino de árboles muy bonito. Te sentía a mi lado, escuchaba tu respiración y de nuevo, como tú, estaba convencida de que podría conseguir cualquier cosa. Aunque entonces tú también te desesperabas al darte cuenta de lo difícil que era que Saíd cambiara. Casi no puedo ni verlo, me dijiste, me acerco a él y su olor me provoca náuseas. ¿Era ese el desencanto del que hablaban los escritores? Pero no nos rendiríamos, no podíamos.

Un día estábamos volviendo de la carrera, barnizadas las dos de sudor, felices al sentirnos vivas y libres lejos de todo y de todos. Entonces, como si nada, me preguntaste: ¿por qué no escribes? Te miré sorprendida: ¿yo? Yo no soy escritora. Soy madre, mora, pobre, inmigrante, una mujer de la limpieza. ¿Cuándo has visto tú a una mujer de la limpieza que escriba? Al decírtelo sentí una punzada en un lugar profundo, muy antiguo, muy remoto, justo debajo del estómago. Era el dolor de haber renunciado.

VII

No escribía porque tenía que vivir y porque después de la experiencia con mi primer relato me convencía a mí misma de que lo único que les interesaba a los lectores era que fuera mora, exótica y lejana, que les hablara de esa realidad oculta y misteriosa, cargada de una violencia primitiva que los fascinaba. ¿Muchos de quienes me leyeron no habían recibido en herencia el imaginario de la guerra de África, el Protectorado y los moros asesinos y sanguinarios que había traído Franco hasta pequeñas ciudades como la nuestra? ¿No recordaban aún las mujeres mayores relatos espeluznantes sobre nuestros antepasados? ¿No estaba todo el mundo convencido de vivir ya en un país civilizado en el que se había conseguido la igualdad plena entre hombres y mujeres y creían que los machistas eran otros?

Excusas, me decías tú. Excusas para no hacer lo que quieres. Y puede que tuvieras razón. Estaba convencida de que no era más que una impostora que había engañado a todos con cuatro palabras bien puestas y que tarde o temprano se descubriría la verdad. Si volvía a escribir, se sabría que era un fraude, porque el chico del que tanto me acordaba, el que se había presentado al premio y no lo había ganado, tenía razón. Y la Parabólica, que seguía acordándose de que yo había traicionado a los míos avergonzándolos ante los cristianos, también. Sí, sí, te indignabas tú, la Parabólica sabe mucho de literatura.

Haciendo camas, limpiando baños y sacudiendo el plumero me sentía mucho más segura. Tú también estabas más segura que teniendo que demostrar tu valía en las peluquerías, un trabajo que tampoco era muy de mora. Y a pesar de todo, desde aquella conversación por el camino arbolado, volvieron las palabras y las frases, textos enteros que se formaban en mi pensamiento mientras abrillantaba grifos y suelos.

Después del hotel, la empresa nos propuso algo que nos hizo sentir como si nos hubiera tocado la lotería: incorporarnos a la brigada de limpieza de una fábrica. Cuarenta horas semanales y contrato de tres meses que se iría ampliando, primero a seis y luego a un año hasta que, tarde o temprano, nos harían fijas. Tarde o temprano, había dicho el gerente. Solo las mejores conseguían ese puesto. Nos propusimos ahorrar. Después de mucho hablarlo llegamos a la conclusión de que las discusiones con nuestros maridos tenían que ver con el entorno, que ellos no eran el problema. ¿Fuimos ingenuas? ¿Merecimos lo que nos pasó por serlo? Confiamos, ese fue nuestro delito, confiar en ellos. Tú empezaste a hablar del mal de ojo. No podía ser que de repente, después de haber estado tan enamorados, de que Saíd lo hubiera dejado todo por estar contigo, de que Yamal se hubiera enfrentado a mi padre, ahora esas bonitas historias de amor se hubieran convertido en una constante sensación de repugnancia por nuestra parte. Yo te dije que no creía en magias, pero también descargué a Yamal de sus responsabilidades: son los demás, los otros han hecho que cambien.

¿No asistía mi marido cada vez más a la mezquita? ¿No me contaba todos los rumores que allí corrían sobre las mujeres de otros? ¿No regresaba a menudo quejándose de que había hombres que hablaban de mí? Saíd se negaba a hacer lo que le pedías, decía que un hombre de verdad no acepta órdenes de su mujer. Y no quería cuidar de la niña, que estaba siempre con tu madre. Discutíamos sin parar con ellos, parecía que íbamos a romper de un momento a otro. Pero nuestras madres nos aconsejaban no hacer *rmuncar*, no hacer daño a seres inocentes como nuestros hijos dejándolos sin padre. Entonces, la culpa nos hizo buscar más motivos, y juntas llegamos a la conclusión de que lo que teníamos que hacer era irnos de allí. Vivir en Barcelona, lejos de los chismes y el control de la gente. Ellos volverían a ser los que habían sido y nosotras seríamos felices.

Por eso aceptamos trabajar de noche en la fábrica, por el plus de nocturnidad. Ahorraríamos todo lo que pudiéramos para pagar los primeros meses de alquiler en nuestra nueva vida. Fue esa ilusión la que nos permitió aguantar sin dormir, agotándonos hasta la extenuación, sujetando con firmeza la manguera a presión. Una manguera que si se nos escapaba, nos habían dicho en el cursillo de prevención de riesgos laborales, podía matarnos. Así estaríamos con los niños de día. No calculamos que también tendríamos que dormir.

Te quedaba muy bien el mono azul con las botas de goma hasta las rodillas, nos pisábamos la puntera y decíamos: no duele, no duele nada, es de hierro. Te maquillabas incluso para ese trabajo y, cuando nos cambiábamos en el vestuario, te quitabas los pantalones dejando al descubierto tu espléndido culo atravesado por un tanga. Lo miré muchas veces cuando tú no me veías y pensaba: ¿qué hay de malo?, ¿qué tiene de malo tener toda esa carne turgente que dan ganas de estrujar?, ¿por qué molesta tanto a mi padre?, ¿por qué las revistas de moda dicen que tenemos que reducirlo a la más mínima expresión? De repente, esa grasa firme me resultó agradable a la vista, imaginé que también lo sería al tacto. ¿Por qué teníamos que deshacernos de ella?

Era un trabajo mucho más duro que el de limpiar oficinas, pero nos sentíamos poderosas. La primera semana parecía que nos hubieran dado una paliza, ¿te acuerdas? Teníamos agujetas por todo el cuerpo. El olor a jabón y a desinfectante nos penetraba tan adentro que lo olíamos hasta cuando no estábamos en la fábrica. El agua salía de la manguera con una fuerza tremenda. Sujetarla y que no se nos escapara era cuestión de vida o muerte. Era un arma, nuestra arma de destrucción de suciedad.

Éramos diez o doce empleados, hombres y mujeres, casi todos extranjeros. Los únicos de fuera, porque las operarias de las cadenas de producción eran todas de «aquí». Yo no comprendía muy bien lo que ese «aquí» significaba. ¿El barrio era «aquí»? Anda, déjate de palabras y limpia, me decías tú. Que digan lo que quieran. No había operarios hombres, ni de aquí ni de ningún sitio, todos eran encargados. Ninguna mujer, ni de aquí ni de ningún sitio, era encargada. Por lo menos, las jerarquías estaban claras, no se camuflaban detrás de una igualdad y una no discriminación de boquilla.

Me iba justo después de cenar y el niño lloraba, se me agarraba a las piernas y yo tenía que desprenderle los dedos uno a uno. Nuestros hijos serán felices, habíamos dicho antes de tenerlos, pero no contábamos con el llanto que les provocaría nuestra ausencia ni con no poder estar con ellos. No sabía si te envidiaba en eso, en que a ti no te pasara con tu hija lo mismo que a mí. ¿Por qué nos querían tanto a nosotras, las madres?, ¿por qué nos querían más que a sus padres? ¿Por qué ninguna de las feministas que había leído me había hablado de ese llanto? Me iba corriendo y dejaba la voz de mi hijo detrás de mí, convencida de que ese desgarro que sentía cada noche no tenía arreglo alguno. Algunos expertos aconsejaban ignorar lo que los pequeños nos pedían, se acostumbrarán, decían. Otros afirmaban que lo que debíamos hacer las mujeres era quedarnos en casa cuidándolos hasta que fueran algo más mayores. Esos expertos tendrían la nevera llena y todos los recibos pagados. Como tantas otras madres, nos las arreglamos como pudimos y se nos rompió la imagen idílica de las no moras con su éxito en todo, incluso con su capacidad de conciliar lo profesional y lo familiar.

VIII

Se condensó la rabia, una rabia que era un motor que nos propulsaba hacia el futuro. Era soterrada, como un río de lava bajo las placas tectónicas de nuestras personalidades aparentemente tranquilas, aparentemente pacientes. Creo que el río ardiente de la rabia se había formado cuando nos habíamos dado cuenta de cómo eran en realidad las cosas, cuando fuimos atando cabos y comprendimos que nos había tocado un lugar en el que todos sacaban provecho de nuestro esfuerzo. Un esfuerzo en el que confiábamos para alcanzar otra vida, pero por el que nosotras no recibíamos más que una parte.

Los maridos que no se ocupaban de la casa, los jefes que intentaban pagarnos lo mínimo, las tiendas que nos vendían ropa que se deshacía después del primer lavado, los dueños de los pisos que nos subían el alquiler, la publicidad que creaba necesidades que no teníamos, todos sacaban provecho de nuestro esfuerzo. Trabajábamos sin parar, hacíamos horas extras y seguíamos convencidas de que pronto podríamos dejar esa vida. A menudo, compartiendo la cena en el vestuario, con el rumor de las líneas de producción de fondo, nos embargaba un desaliento repentino. Porque había llegado un recibo de la luz desorbitado que se comía buena parte de los ahorros, porque se estropeaba la lavadora, subía el seguro del coche, la cesta de la compra. O nos cansábamos de tanto planear el futuro y decíamos: ¡a la mierda! A la mierda, y nos comprábamos algo que no estaba a nuestro alcance. Zapatos, a ti te chiflaban los zapatos y los bolsos. A mí los productos caros para el pelo, mascarillas, champús.

Menos mal que entonces nos teníamos la una a la otra para soportar las críticas que seguían llegando del barrio —¿dónde se ha visto que una mujer casada pase la noche fuera?—, para ignorar los comentarios que oíamos en la fábrica sobre las moras, para sortear las etiquetas con las que nos embadurnaba todo el mundo. Sí, al fin vimos la vida exactamente como era y dejamos de creer en ideales. Ese aterrizaje en la realidad fue mucho más llevadero contigo, por eso luego me resultaría tan difícil no tenerte, porque eras la única persona que podía comprender todo lo que nos atravesaba a ambas: el machismo, el racismo, proceder de un barrio como el nuestro, las múltiples presiones que atenazaban nuestros cuerpos y nuestras vidas. A ti no tenía que explicártelo. Contigo podía ser sin tener que definirme.

La rabia no se veía, solo la sentíamos como un impulso desde dentro, un muelle que nos propulsaba hacia delante. De vez en cuando no conseguíamos sofocarla y explotaba de repente sorprendiendo a los presentes, que nos tenían por mujeres de buen carácter.

¿Te acuerdas de la jefa de la brigada de limpieza de la fábrica? Le caímos mal desde el primer momento. Lo que más le molestaba era que le preguntara. No preguntes, decía, trabaja y punto. Era de un despotismo primitivo, como un capataz de una plantación. Un día se lo dije, ¿te acuerdas? ¡Madre mía, cómo se puso! Pero es que no pude aguantarme. Ella había llegado de Cuba casándose con un hombre de la ciudad, pero se creía que estaba por encima de los que formábamos parte del grupo. Siempre decía: vosotros, los inmigrantes, os quedáis con todas las ayudas. Fue ese día cuando me cansé de su charlatanería. Siempre andaba chuleando con que tenía una casa con jardín, un televisor para el niño, ropa cara, un marido rico, que se iban de vacaciones a resorts de lujo. Tú me decías: pasa, déjala que diga lo que quiera. Cuando soltó lo de los inmigrantes y las ayudas no pude callar. Le dije que entendía muy bien por qué se había ido de Cuba, porque no la dejaban ser capataz de una plantación. ¿No te has mirado en el espejo? ¿No ves que también eres inmigrante?

Pensé que me despedirían, pero el gerente se conformó con darme una charla. Te conté que había sido muy amable y tú me avisaste: no te fíes, se lleva muy bien con la cubana. Y tenías razón. Unos días más tarde vinieron unos miembros del sindicato. Teníamos derecho a un delegado, nos dijeron, uno aparte de los trabajadores de la fábrica. Fueron los compañeros los que me convencieron para que me presentara. ¿Sabes? Ese trabajo fue el más duro que he hecho nunca, creo que tú también. No era solamente el esfuerzo físico de la limpieza industrial, también el horario nocturno, la segregación tan radical entre los que quitábamos la mierda y los contratados directamente por la fábrica, la jefa de la brigada, por supuesto, todo allí me hizo sentir más excluida que nunca. Fue donde de verdad tomé conciencia del lugar que me había tocado en el mundo y a pesar de todo encontré un compañerismo que no había visto en ningún otro lado. Nos apoyábamos, recuerdo que cuando alguno se estaba demorando con una línea íbamos todos a echarle una mano. Nos turnábamos para cenar, en los vestuarios prefabricados que nos habían puesto fuera de la nave, pero los viernes, cuando la producción se había detenido y estábamos solos, nos vengábamos de toda esa discriminación cenando en el comedor. Calentitos, con buena luz, y usábamos el microondas, que estaba reservado a los de «aquí». Me acuerdo de que compartíamos la comida y la jefa se sorprendía cada vez y lo comentaba: en lugar de comer cada uno lo suyo, lo hacen todos juntitos. Y se reía.

Es algo que siempre he echado de menos de la fábrica, aunque no volvería allí por nada del mundo. No todo era solidaridad y apoyo. Seguro que te acuerdas del chico que me acorraló en el baño hasta que empecé a gritar y de cómo nos acosaban los hombres, a pesar de que estaban tan segregados como nosotras. En cualquier caso, me animaron a presentarme como delegada sindical. Ya estaba yo montándome la película de convertirme en una luchadora por nuestros derechos laborales cuando apareció el gerente como de la nada y me llevó aparte. Que si yo tenía contrato temporal y que, si me presentaba a delegada, no me renovaría. Y allí mismo se acabó mi gran aventura sindicalista. Tenía un hijo que alimentar, con lo que me había costado conseguir ese trabajo no podía arriesgarme a perderlo.

Los lunes pasaron a ser nuestro día favorito de la semana. Era el día en que habíamos podido dormir toda la noche, estábamos despejadas y descansadas. Cogíamos a los niños, los metíamos en el coche y nos íbamos a Barcelona con la música a todo volumen, bailando y riéndonos con ellos. O a la playa si era verano, a patinar sobre hielo, al parque de atracciones. Entrábamos en todas las tiendas, nos probábamos vestidos que valían el sueldo de un mes, nos hacíamos fotos con ellos puestos y los devolvíamos suspirando, pensando en el día en que nos podríamos llevar alguno a casa. Nos maquillábamos con los productos que había para probar mientras los niños lo tocaban todo y las dependientas acababan por regañarnos. Nos agarrábamos del brazo la una a la otra y coqueteábamos con los hombres con los que nos cruzábamos por la calle y que nos decían cosas. Nos atiborrábamos de hamburguesas, helados y pasteles, nos tomábamos una cerveza y luego comíamos montones de chicles para llegar a casa sin oler a alcohol.

A Yamal y a Saíd no les hacían ni gota de gracia nuestras salidas. Seguíamos con el plan de mudarnos para salvar nuestros matrimonios. A pesar de todos los gastos, teníamos bastante ahorrado. Pronto acabaría el contrato en la fábrica, de modo que empezamos a buscar trabajo y piso. Aferradas a ese proyecto no quisimos ver que las discusiones habían ido en aumento, que pasábamos días sin hablar con nuestros maridos. Yo no dejaba que Yamal se me acercara, no soportaba su olor, sus ruidos y su presencia. Me parecía ridículo cuando se postraba con fervor sobre la alfombrita de rezar. Al niño le enseñaba a memorizar suras del Corán mientras que los lunes yo le dejaba comer cerdo y bebía cerveza delante de él.

Un día estabas proponiéndole a Saíd horarios para visitar un piso que habías encontrado y ninguno le parecía bien. Algo que llevaba pasando desde hacía semanas. Nunca tenía tiempo, siempre tenía otra cosa que hacer. Hasta que no pudiste más: pero ¿qué quieres? Y te contestó que no quería ir a vivir a Barcelona, que no le gustaba la ciudad, demasiado ruido, todo demasiado caro. Él ya estaba bien donde estaba, no tenía ningún problema ni con la gente ni con nada, el problema eras tú, que querías hacer lo que te diera la gana, y ¿dónde se ha visto a una mujer casada haciendo lo que le da la gana? Y te recriminó que no te ocuparas de tu hija, que fueras una madre desnaturalizada y que lo único que te importaba era el dinero, que tu ambición desmesurada era enfermiza. ¿Quién te crees que eres?

Hasta entonces nunca te había visto tan desesperada. No había ni rastro de optimismo en tus lágrimas de indignación. Llevan engañándonos desde el principio, nunca han querido cambiar, lo de antes, ser como nuestros padres, es demasiado cómodo, no van a renunciar a ello. Nosotras somos un chollo. No solamente hacemos todo lo que hacían nuestras madres, encima ganamos dinero y les descargamos de sus responsabilidades.

Luego le tocó el turno a Yamal. Me voy, me dijo un día, tengo que hacer un viaje. Entonces solía llevar un conjunto de dos piezas de color gris, ropa afgana o pakistaní que yo no sabía muy bien de dónde había sacado. Quería dejarse barba larga pero no le crecía más que una mata pobre de pelos que me repugnaban. Tenía que irse de viaje con una cofradía para aprender lo que era el verdadero islam, un viaje largo para mejorar como musulmán. Pero no puedes, le grité, no puedes dejar a tu hijo. No me acordé de que también me dejaba a mí, solo me acordé del niño. Y del trabajo. ¿Con quién se va a quedar por las noches? Entonces también me reprochó mi exceso de ambición, mi amor por un dinero fácil (dijo fácil) que se esfumaba porque mi problema era que tenía demasiado apego a los bienes terrenales cuando la verdadera felicidad estaba en la adoración de Dios, en el otro mundo. Lo hago por mi hijo, me soltó. Por él tengo que irme y mejorar como musulmán.

Así fue como llegué al filo del abismo. Se me acababa el contrato al cabo de unos días y luego pasaría a ser fija. Le pregunté a mi madre si podía dejarle el niño y me dijo que no, que ya sabía que mi padre estaba en contra de que yo trabajara, y menos aún de noche. Llamé a una tía lejana que había llegado hacía poco y a la que había ayudado a tramitar los papeles. Pero tampoco podía porque tenía miedo de que mi padre despidiera a su marido. Me acordé de todas sus palabras de agradecimiento cada vez que la había acompañado al ayuntamiento, al ambulatorio, al colegio de sus hijos. Me hablaba de familia, de ayudarnos entre nosotros, pero cuando la llamé no encontré nada de todo eso. Y no había canguros que pudieran quedarse la noche entera con el niño, o costaban más de lo que yo ganaba.

Había llegado ya la hora de volver a la fábrica y no podía irme. Miraba al niño, miraba las paredes ocres del piso, las telarañas del techo. Me quedé de repente quieta, sin hacer nada durante horas. Ya estaba. Había perdido. Perdía el trabajo, el futuro, la nueva vida que nos esperaba después de tanto esfuerzo, lejos de nuestra ciudad, libres.

Fuiste tú la que me aconsejaste que pidiera la baja. Pero no estoy enferma. Da igual, di que te duele la espalda, que no puedes ni doblarte. Vámonos, larguémonos juntas. Vámonos ya, aquí no nos podemos quedar, no nos quieren, no tal como somos. Nos expulsan. Hace mucho que nos expulsaron.

Al día siguiente iba por la calle con una extraña sensación de irrealidad. El cielo encapotado lo cubría todo de una luz mortecina, y yo me movía como sonámbula después de pasar la noche en vela, con los ojos fijos en el techo. Pasé la libreta de forma rutinaria. Tenía ahorrado dinero suficiente para empezar de cero, pero cuando vi las cifras que me arrojó la máquina no las comprendí, tardé un rato en darme cuenta de que no quedaba casi nada en la cuenta. Entré furiosa y me dirigí a la ventanilla a denunciar la equivocación. Pero no se trataba de ningún error. Yamal se había llevado todo lo que tenía. No podía ser, no podía haber hecho algo así sin más. Lo llamé mil veces pero el teléfono estaba apagado. Te lo conté y me acompañaste a comisaría. Me dijeron que al estar la cuenta a nombre de los dos no podían hacer nada, que él estaba tan autorizado a disponer de ese dinero como yo, que si no había delito no podían buscarlo. ¿Y el abandono? En ese caso tenía que interponer una demanda de divorcio. Qué pesadilla esos días, ir de un lado a otro, la burocracia, el desconcierto, la sensación de impotencia. Ni siquiera tenía derecho a un abogado de oficio porque entre los pluses de nocturnidad y las horas extras que había hecho durante ese año superaba el umbral que me daba derecho a asistencia legal gratuita.

Al darme cuenta de que no podía hacer nada volví a casa a vomitar. Después de hacerlo noté el vacío insoportable y lo llené con todo lo que encontré. Vacié la nevera, los armarios de la cocina, bajé a por más comida al súper. Comí sin parar durante horas. Era mi castigo. Por haber confiado, por ingenua, por dejar que me engañaran. Por no ser digna de un amor verdadero por parte de un hombre que fuera incapaz de dejarme sin blanca.

IX

No importa, me dijiste. Tengo dinero para las dos, nos vamos a ir, no te preocupes.

No nos renovaron el contrato en la fábrica, así que cogimos el finiquito y nos pusimos a buscar piso y trabajo sin descanso. Tu madre te aconsejó que de momento dejaras a la niña con ella, que hasta que no te hubieras instalado era mejor no marearla demasiado. Yo me llevaba a mi hijo a todas partes, no podía hacer otra cosa. Cuando tenía una entrevista me esperabas fuera con él. Días y días sin parar, pendientes siempre del teléfono, poniéndonos trajes de chaqueta para parecer más serias, alisándonos el pelo, maquillándonos, luciendo nuestra mejor sonrisa, sobreponiéndonos a las numerosas decepciones al comprobar que las condiciones distaban mucho de ser las que prometían los anuncios, que los pisos no se parecían en nada a las descripciones publicadas en los periódicos. Acogedor significaba que no cabía ni un alfiler; silencioso, que no entraba ni un rayo de luz; con muchas posibilidades, que estaba todo por reformar. Hubo agencias que pretendían cobrar por enseñarnos un piso. Otras nos decían que en nuestro caso los dueños no querían alquilárnoslo, os voy a ser sincero, decían como si nos hicieran un favor. Pues yo también voy a serte sincera, le dijiste a uno un día: diles a los dueños que son unos racistas de mierda. Por no hablar de los puestos que requerían buena presencia y en los que al llamar nos preguntaban por la talla de sujetador y la estatura.

Cuando no estaba contigo en Barcelona recorriendo las calles o cuidando del niño, escribía. Me daban unos arrebatos repentinos, como si fuera otra la que ensuciaba páginas y más páginas. Sentía las palabras como disparos cargados con toda la rabia que no podía expulsar. Todos los ratos que pasaba escribiendo era un tiempo en el que dejaba de darme atracones, de vomitar o de realizar las extenuantes sesiones de ejercicio que hacía en medio del salón con el niño mirándome.

Un día te pedí que me acompañaras a la facultad, solo para verla, nada más. Estaba lejos de poder regresar a mis estudios, pero quería comprobar que el mundo de la universidad, tan distinto del de la fábrica, seguía allí, que había existido, que alguna vez fui una estudiante más, casi una estudiante normal. Fue doloroso entrar en el patio de los naranjos, recordar a Raquel, a Álex, todas las conversaciones apasionantes. Hacía tiempo que no la llamaba, me daba vergüenza.

Salimos corriendo y me mareé al entrar en el edificio. Vámonos, te dije. Hacía sol y el cielo era tan claro que la luz nos cegaba. Tú llevabas puestas tus gafas de sol. El niño saltaba las líneas del paso de cebra cuando lo vi. A Javier. Como si hubiera emergido de otro mundo. Me entraron ganas de llorar y de abrazarlo. El semáforo se puso en rojo y nosotros nos quedamos en medio. Los coches empezaron a pasar y a tocar el claxon. Tú te fuiste en una dirección con el niño, yo me quedé en el lado opuesto frente a él. No sé si lo notó: cuando nos dimos los dos besos de rigor alargué el instante en que noté su piel contra la mía. Llámalo, me dijiste luego, llámalo y queda con él. Yo te cuido al niño. No lo hice.

Tú eras más atrevida que yo. Seguías casada con Saíd, pero empezaste a quedar con otros hombres. Los conocías en las discotecas del puerto Olímpico. Os ibais en coche a Montjuïc o los acompañabas a su casa, a veces a un hotel. Me contabas lo emocionante que era hacerlo viendo las luces de la ciudad, frente al mar, en sitios a los que sabías que no ibas a regresar. Nada que ver con el aburrimiento del misionero de los sábados, hay todo un mundo de experiencias allí fuera y nosotras fuimos tan tontas que nos las perdimos. ¿No te da miedo? Decías que no, porque el mayor daño que podían hacerte ya te lo había hecho Saíd. El amor no es más que un engaño para que las mujeres volvamos a someternos como hicieron nuestras madres. A ti no te iban a estafar más. Sexo, lo único que me interesa de los hombres es el sexo. Que es lo que en realidad quieren ellos también, ¿no? Pues fuera disfraces y palabras bonitas y tonterías romanticonas. Follemos hasta morir, follemos todo lo que nos apetezca, y a ellos que los jodan.

Yo seguía pensando en Javi. Me imaginaba cómo sería la intimidad con él: sublime, exquisita, con esos dedos limpios de grasa de mecánico, descorchando con elegancia un vino mientras hablaba de poetas y escritores, pasando las páginas de un periódico el domingo por la mañana, comentando la sección de cultura. La discusión que teníamos entonces tú y yo siempre giraba en torno a lo mismo: sobre si Yamal y Saíd eran como eran por ser moros o por ser hombres. Yo te decía que por moros, tú que no, que todos eran iguales en todas partes.

Encontramos un pequeño apartamento donde la ciudad casi se acababa, otra vez entre la vía del tren, la Meridiana y las rondas, otra vez un triángulo, pero era nuestro triángulo. Allí no nos conocía nadie, al fin podríamos ser las que éramos. Libres de verdad.

Dejé mi piso, regalé todo lo que no pude llevarme y a mi madre le dije que me mudaba cuando ya me había ido. Pero Barcelona está muy lejos, dijo, y no tendrás a nadie. ¿Quién te va a ayudar allí? ¿Y quién me había ayudado en el barrio?, ¿quién? Lo único que hacía era llorar y hablarme del destino, de lo que Dios había escrito para nosotras.

Pasé un proceso de selección para trabajar en una caja de ahorros, pero cuando ya casi estaba segura de que me cogían, me dijeron que no, que tenía un perfil poco agresivo. Hice una prueba para un *call center* y no fui capaz de vender nada, y cuando la gente me gritaba por teléfono me agobiaba y colgaba. Las tiendas de ropa nunca me llamaron, tampoco los supermercados. Solamente trabajé en uno quince días cambiando la fecha de caducidad de los envoltorios y despiezando corderos en la sala fría. En un sindicato me dijeron que buscaban un perfil como el mío para captar afiliados, pero preferían un hombre porque ellos podían entrar en las mezquitas. Cada vez que uno de esos trabajos salía mal o me rechazaban, escribía, volvía a la página en blanco y las palabras parecían dispararse solas. Una autodefensa, un escudo, una venganza.

Cuando encontraste trabajo en el salón de paseo de Gràcia volví a quedar con Raquel. Estaba ya en el último curso de carrera. Álex la había dejado y hacía tiempo que no se veían. Iba a su piso del Raval, de donde entraba y salía mucha gente. No tenían salón ni tele. La vajilla era una mezcla de restos de otras vajillas, cada cual se cocinaba lo suyo. Me daba una sensación de caos embriagadora. Nos sentábamos en su cama, en una habitación llena de muebles recogidos de la calle, y me hablaba de su estancia en París, sus viajes de fin de semana, porque aprovechaba todo su tiempo libre para salir. Otra vez tenía ante mí una vida envidiable. Era voluntaria en una ONG que luchaba contra el racismo y me convenció para que participara en una mesa redonda para contar mi experiencia.

Cuando me tocó hablar no tenía ni idea de lo que iba a decir, ¿cuál era mi experiencia?, ¿no era la de todo el mundo?

Raquel me incorporó a su mundo, me invitaba a acompañarla a sus actividades, nos llevábamos al niño a todas partes y era como el juguete de los chicos. Se lo ponían al cuello y él estaba feliz. Cuando ya hablaba con fluidez les preguntaba a todos si tenían novia y si querían casarse con su madre. Fuimos a manifestaciones por la vivienda, contra la guerra, por Palestina, contra la globalización. Raquel siempre decía que ella no quería ser funcionaria. Que sus padres lo eran y se había demostrado que era una estafa. ¿Quién quiere vivir siempre en el mismo sitio? ¿Quién quiere un trabajo para toda la vida? Y yo asentía, sí, ¿quién va a querer algo así? Mientras tanto, seguí mandando currículums a todas partes.

X

La última vez que vi a mi padre fue el día en el que me sacaron las fotos para el periódico. Un periodista había asistido a la mesa redonda sobre racismo y quiso que apareciera en un reportaje que estaba escribiendo sobre los nuevos ciudadanos. Primero pensé que no quería salir en el periódico, pero tú me convenciste de que era algo bueno, que podía ayudarme a encontrar trabajo. O a publicar tu libro, ¿no lo tienes ya terminado?

Visitaba muy pocas veces a mi madre y siempre intentaba no coincidir con mi padre. Cada vez que volvía a las tres torres me ponía enferma, me dolía todo el cuerpo, como si alguien me hubiera pegado una paliza. No iba ni a nuestra ciudad, ya no toleraba ni eso, pero el fotógrafo era muy amable y quería mostrarme en «mi entorno». Yo no supe cómo decirle que no quería ir, no pude explicarle que de allí también me habían expulsado. ¿Por qué nos daba tanta vergüenza contar cómo nos habían tratado? ¿Por qué nos sentíamos responsables de lo que los demás nos habían hecho? Le mentí al periodista al decirle que en la escuela no tuve problemas, que era una más entre mis compañeros. ¿Cómo iban a tratarme como a una más si era una mora empollona, siempre metida en un libro, que no podía salir de casa más que para ir al colegio o a la biblioteca o a la compra o al médico? ¿Cómo no iba a sentirme discriminada en un barrio en el que todo era discriminación, desde la altura del techo de las casas hasta la vía del tren? ¿Cómo podía decir que yo era normal si me había casado con dieciocho años y había tenido un hijo a los veinte y había dejado una carrera a medias?

No es que quisiera mentirle al periodista, pero me resultaba humillante tener que contarle ese tipo de cosas. Así que hablamos de papeles, de discriminación cotidiana, del aquí y allí. Si respondía lo que se esperaba de mí, todo iba bien. Ya sabes, aquí aún no te consideran del país y allí creen que ya has dejado de ser como ellos. No preguntó nada que tuviera que ver con el amor o con el sexo, con comida, practicar ejercicio, con nuestros cuerpos atrapados en mil normas. Yo tampoco hablé sobre estos temas, entonces no entendía que todo estaba relacionado. Y además era demasiado íntimo, demasiado personal, mejor hablar de viajes, de fronteras físicas y desarraigo del modo en que todo el mundo hablaba de esos temas.

Como el fotógrafo era tan amable, acepté ir al centro de nuestra ciudad. Él prefería el barrio, pero le dije que no, que era demasiado feo. Era raro ser mirada por su ojo, que me enfocara. Tanta atención me abrumaba y me acordaba de las mujeres tapándose el rostro cuando veían una cámara. Nunca me habían hecho tantas fotos. ¿Y si llegaba a verlas mi padre?, ¿qué pensaría? Entonces aún iba a visitar a mi madre con la cabeza cubierta y disfrazada. Para el reportaje me había puesto ropa de lo más normal: unos tejanos y un jersey de punto rosa. Un poco ajustado al cuerpo, nada del otro mundo, pero si recordaba las normas de decencia que mi madre me había enseñado, estaba saltándome infinidad de reglas. El pelo suelto, rizado porque me había cansado de alisarlo, corto y con unas mechas que tú me habías hecho.

Bajo la mirada atenta del fotógrafo pensaba en esas transgresiones, en mi padre gritándole a mi madre: mira la guarra de tu hija. Pero también se me acumulaban otras preocupaciones en la cabeza: los kilos que me sobraban, la barriga que no había desaparecido después del embarazo, el pecho que cada vez creía más caído. En las revistas aconsejaban comprobar el efecto de la gravedad poniéndote un lápiz bajo las tetas. Si se aguantaba, era demasiado tarde. Yo podía sostener una caja entera de lápices después del embarazo y la lactancia. Encima me veía muy grande, toda yo era enorme, y los lectores del periódico pensarían que no era nada femenina, porque las mujeres femeninas eran pequeñas, delicadas, gráciles, casi flotaban. Ocupar poco espacio era una virtud, y las moras, ya se sabía, teníamos el vicio de expandirnos a lo ancho sin control alguno.

Por suerte, el fotógrafo me hizo sentir a gusto, y enseguida ya habíamos terminado. Volvíamos hacia donde él había aparcado el coche y hablábamos tranquilamente cuando de repente mi padre vino directo hacia nosotros, con las llaves en la mano y masticando un palillo como hacía siempre. Me vio y miró al fotógrafo, me miró a mí y volvió a mirarlo a él, y su rostro se hinchó enrojeciéndose como si estuviera a punto de estallar. Empecé a hablarle lo más suave que pude, a decirle: no, papá, no es lo que piensas. Pero él ya gritaba sin parar, moviendo los brazos, golpeando el suelo con los pies y abalanzándose sobre nosotros como si quisiera pegarnos. Antes muerto que sin honor, repetía, y juraba por Dios y Mahoma que nunca en la vida iba a permitir que a su hija se la llevara un cristiano. Menos mal que todo esto lo decía en nuestra lengua y solo de vez en cuando se dirigía directamente al fotógrafo para amenazarlo. Cogí al niño en brazos y empecé a alejarme. El fotógrafo me preguntó si quería que avisara a la policía, que qué prefería que hiciera. Le pedí que se fuera, era lo mejor. No estaba muy convencido, pero se alejó y siguió mirando lo que ocurría. Yo empecé a andar todo lo rápido que pude con el niño en brazos hasta la estación de tren. Allí mi padre siguió insultándome, escupiendo, y mi hijo señalaba a su abuelo y decía: «tú no» o «tonto».

Al subir al tren saqué el pañuelo que llevaba en el bolso. Lo arrojé a las vías y nunca más volví a cubrirme.

XI

Dormíamos los tres juntos porque en el piso no había más que una cama de matrimonio. No teníamos sofá ni mesa ni sillas. Para comer doblábamos unas mantas y las poníamos en el suelo. Como en el pueblo, me decías, y nos reíamos porque ya nada podía herirnos. Tú trabajabas más que nunca. En la peluquería, pero también en un restaurante los fines de semana. Al principio no, al principio tenías fiesta los domingos y los lunes y uno de ellos trajiste a la niña. Durante el día estuvo muy feliz, como cuando bajábamos los lunes a Barcelona en los tiempos de la fábrica. Los llevamos al zoo, a pasear por la Ciutadella, jugaban encantados y ya los imaginábamos creciendo juntos. Pero al llegar la noche tu hija empezó a llorar y no hubo forma de consolarla. Que quería irse con la abuela, que no le gustaba esa casa y que echaba de menos su habitación. Quiero a mi *iimma*, repetía, quiero a mi madre. La mirabas sin saber qué hacer, le prometías infinidad de cosas que haríamos todos juntos, le dijiste que su madre eras tú pero no hubo manera. En tus ojos vi la sombra que detecté en ellos años atrás y creo que algo cambió en ti ese día. Que tu hija te rechazara te afectó mucho más de lo que expresaste. Devolviste a la niña, me dijiste que preferías que fuera feliz aunque no estuviera contigo, y así aprovecharías todo el tiempo para trabajar y ahorrar. Empezaste en el restaurante, al que iba gente muy importante que te daba propina. Salías sin parar y, aunque por las noches sentía el calor de tu cuerpo cerca de mí, lo cierto es que casi no nos veíamos.

También te apuntaste al gimnasio y adelgazaste mucho gracias a un dietista al que visitabas todas las semanas. Al fin conseguías rebajar el culo, porque tenía un método eficaz para «zonas conflictivas». Como si tu culo y tus muslos fueran países en guerra. Lo probé una vez que me invitaste a la consulta. El dietista era un hombre de mediana edad más bien entrado en carnes, y en la mesa tenía la fotografía de sus hijos: dos niños de lo más rechonchos. Te hablaba con un semblante muy serio y cuando acababa la sesión preguntaba: ¿quieres que te pinche? La primera vez me reí con la expresión. Pero era en serio, tenía una pistola para infiltrar bajo la piel extractos de hierbas que fundían la grasa. Cada disparo era una aguja perforándote. Mil agujas cosiéndonos. ¿Qué habíamos hecho para merecer tal tortura? Ahora parece extraño que nos obligáramos a someternos a ese tipo de castigos. Cuando el dietista apretaba la pistola, los ojos se le iluminaban con un brillo de satisfacción. Y si no perdíamos el peso que tocaba cada semana, nos echaba la bronca.

Cuando no tenía trabajo me pasaba el día andando por las calles de la ciudad, empujando el cochecito. Lo miraba todo, intentaba integrarme en el ruido y el ajetreo, dejarme llevar por el ritmo a mi alrededor, sin pensar en nada. Ni en el dinero que ya se había acabado, ni en mi madre llorando al teléfono la última vez que hablé con ella, ni en si Yamal volvería un día de repente para quitarme al niño. Saíd tampoco veía a vuestra hija, aunque seguía viviendo en el mismo barrio que tu madre, que era con quien se había quedado tu hija. Tú le decías a la niña que pronto te la llevarías, que estabas ahorrando para comprar sus muebles, y le enseñabas los catálogos.

Los fines de semana, cuando regresabas del restaurante, te maquillabas con mil capas de sombras y purpurinas, resaltándolo todo: ojos, labios, mejillas. Parecía que llevaras una máscara puesta. Te enfundabas en vestidos cortísimos, muy escotados, y te subías a unas plataformas vertiginosas. Salías con compañeros de trabajo y nunca sabías con quién ibas a dormir. Me excitaba verte así, con tan poca ropa. Imaginaba a los hombres mirándote. Era imposible no mirarte y no desearte. Cada noche era uno distinto.

Yo llamé a Javier; después de pensarlo mucho, lo hice. Dejé al niño con Raquel para tomarme un café con él. Me contó lo fascinado que estaba con el desierto, como si yo lo hubiera visto alguna vez. Se quejó de la condescendencia con la que se trataba a los inmigrantes. Esa falsa tolerancia que practicaban algunos de la izquierda. Que la corrección política no era más que una hipocresía. Yo lo miraba con atención, lo miraba fijamente a los ojos todo el tiempo. A veces dejaba de escuchar su discurso intentando averiguar algo más profundo, más real que ese lenguaje intelectual detrás del que se escondía. Me invitó a comer en un restaurante que solía frecuentar no sé qué escritor. El mítico tal, dijo, y yo hacía como que sabía de lo que hablaba, porque ¿qué tipo de escritora no sabe esas cosas? ¿Cómo no iba a estar al tanto de dónde comían y bebían las plumas más famosas del panorama literario?

Nos despedimos, nos dimos dos besos, pero él no se iba y yo no me iba. Estuvimos así un buen rato, como anclados en ese instante. Nos miramos otra vez en silencio y entonces nos besamos. Primero un beso breve y superficial, luego ya otro más prolongado. Yo quería otro y otro y que no acabaran nunca. Que continuara el roce de sus dedos en mis mejillas, que al fin el río de lava se desbordase sin encontrar ningún obstáculo. Pero me sostuvo un momento la cara y me dijo que tenía que irse. Sentí que me rompía en mil pedazos, tenía ganas de chillar, de gritarle que ahora que sabía lo que quería no podía irse, que ahora que queríamos los dos no podía dejarme allí como si yo no fuera un río de lava incandescente que amenazaba a la humanidad entera. Luego tú te burlarías de mí: pues sí que estás cachonda. Tenemos que volver a vernos, me dijo Javier, con más tiempo. Nos lo merecemos. Yo me preguntaba de dónde había salido, así de repente, ese «nos».

Mientras esperaba su llamada me concentré en la corrección del libro. El periodista que había hecho el reportaje me dio el contacto de una editorial que podía estar interesada en su publicación.

Mandé el manuscrito y al cabo de unas semanas me convocaron a una reunión. Para firmar el contrato, dijeron. Tardé en comprenderlo. Pero ¿lo vais a publicar? Sí, claro, nos ha gustado mucho. Saltamos de alegría cuando te lo conté, saltamos sin parar. Eso era dinero, seguro que era dinero. No mucho, claro, no creo que fuera mucho. Hasta que llegó la reunión todo fueron nervios y suposiciones y la sensación de que me había tocado algo así como la lotería. De lotería nada, nena, te lo mereces. Es fruto de tu esfuerzo, recuérdalo siempre.

Quedé un lunes para que pudieras ocuparte del niño. Me ayudaste a escoger la ropa, los zapatos, todo. Parecía que iba a una cumbre internacional. Mean y cagan como los demás. Era lo que me repetías todo el tiempo.

Me trataron con una amabilidad que me resultaba extraña en contraste con la dureza de la fábrica y de todos los entornos laborales en los que había estado hasta entonces. ¿Eran realmente así o me escondían algo? Lo que más me preocupaba era oler mal. Una manía que arrastraba desde hacía años. Como si se me hubiera metido en la cabeza lo que repetían los niños en el patio, que los moros huelen mal. Eso era lo que me delataría ante mis editores, el hedor a mora, a barrio pobre, el de la ropa mohosa que no se secaba en invierno, y los niños que se meaban en la cama y sus madres los mandaban al colegio sin cambiar, el de las cabezas rociadas con Varón Dandy o embadurnadas de aceite de oliva. El de las especias que se pegaba a la ropa.

Siempre me acordaba del día que tú y Sam, cuando aún vivíais en el barrio, os apuntasteis al gimnasio y las otras mujeres se quejaron porque os pusisteis en la primera fila en la clase de aerobic. Discutisteis con ellas: Sam dijo que al ser nuevas os teníais que poner cerca del monitor para aprender. Cuando acabó la clase, él se acercó para deciros que teníais que cumplir las normas y que una de ellas era que había que usar desodorante. Ese tipo de humillaciones se te pegaban a la piel y no se iban nunca, ni cuando estabas comiendo con quienes serían tus editores.

Era la primera vez que iba a un restaurante de ese tipo, con camareros vestidos como si fueran a una boda. Camisa blanca impoluta y chaleco negro, paño de algodón colgado del brazo, mantel de tela también blanco, y yo pensando en mi madre, que nunca nos compraba ropa clara porque se ensuciaba más y costaba lavarla. Y en vez de concentrarme en que estaba a punto de firmar un contrato para publicar mi primer libro, pensaba en lo que costaría lavar esos manteles, planchar todas esas servilletas y secar todos esos cubiertos brillantes. Era la primera vez que leía una carta en la que los nombres de los platos ocupaban dos líneas, la receta entera. Pero hacía como si nada, como que estaba muy acostumbrada a ese tipo de sitios. Que sabía qué cubiertos había que usar primero. ¿Por qué tantos cubiertos? ¿Tantos platos? Me acordaba de nuestro comedor sin mesa, con las mantas en el suelo, del arroz con atún de lata que cenábamos a menudo para no gastar. De los espaguetis con aceite.

El editor dijo que a veces te hartas de comer fuera, de tanta sofisticación gastronómica. Que a veces lo único que quieres es llegar a casa y comerte unos simples huevos fritos. Lo dijo como si fuera un plato exótico, de otro país, y yo, que comía huevos fritos cada dos por tres porque eran baratos y se preparaban en un momento, me reí y asentí con la cabeza. Como si estuviera completamente de acuerdo: a veces lo único que quieres es llegar a casa y comerte unos huevos fritos. Ja, ja, ja, qué risa.

Nunca había tenido tanto dinero junto, ni cuando cobré el finiquito de la fábrica. Al principio me pareció mucho, pero la mitad se fue en pagarte los atrasos del alquiler y en ir a Ikea a comprar los muebles que necesitábamos. Cuando llegamos a la sección de dormitorios me dio miedo que quisieras dos camas individuales en vez de la que teníamos. De momento no vale la pena, la que tenemos es buena. Y a ti no te importa dormir conmigo, ¿no? No, no me importaba. Te echaba de menos las noches que no estabas, me sentía perdida y me costaba conciliar el sueño.

Un sábado por la mañana me desperté y te encontré sollozando en la salita. Se te había corrido el maquillaje y llorabas sin poder hablar. Quise entender lo que te había pasado pero no hubo manera, por más que te preguntaba no me respondías. Al final decidí sentarme a tu lado y abrazarte. Hasta que al cabo de un buen rato empezaste a hablar: habías estado con dos hombres, dos a la vez. Ambos estuvieron de acuerdo en ir a un hotel. Al principio os divertisteis mucho, era emocionante, dijiste, nunca habías hecho nada así. Parecían buena gente, se turnaban, eso era lo que me apetecía. Todo lo que hicimos me apetecía hacerlo. Nos divertimos y nos reímos. Cuando todo había acabado, estaba recogiendo mi ropa y uno de ellos me propuso seguir divirtiéndonos en otra parte. Con más amigos. Cuantos más mejor, dijo. O podían llamarlos para que vinieran. Sí, eso era mejor. Tú contestaste que no, que ellos te habían bastado. Insistieron, se pusieron agresivos, que qué más te daba, que ya que te gustaba tanto, pues ibas a tener todo lo que querías.

No lo entiendo, repetías sollozando, no lo entiendo. ¿Por qué? ¿Por qué habían necesitado forzarte de ese modo?

Ni siquiera podías recordar cuántos eran, ni sus caras ni sus nombres. Solo los insultos y el lenguaje obsceno. No pude convencerte para que pusieras una denuncia. Lo único que quiero es olvidarlo todo. Nada más.

XII

Poco después de empezar a trabajar en la oficina de la ONG para la que me había recomendado Raquel apareció Yamal. Durante todo el tiempo que había estado desaparecido intenté no pensar en él. Que se quedara con su cofradía de barbudos y que no volviera nunca más era lo único que deseaba después del daño que nos había hecho. Pero no había tenido tiempo ni dinero ni fuerzas para iniciar los trámites del divorcio. ¿Cómo te divorcias de un desaparecido? Ahora parece fácil hablar de la confusión de aquella época, pero lo cierto es que no podía con todo, me centré en sobrevivir y sacar adelante a mi hijo. No sin esa inquietud constante: que en cualquier momento podía volver y querer llevarse al niño.

Y así fue, de repente llamó. Me dijo que hacía días que me buscaba y que al fin había conseguido mi número de teléfono. ¿Has tirado mis cosas? ¿Has deshecho mi hogar? Me amenazó, dijo que iba a quitarme al niño, que era su hijo y lucharía por él. Su discurso era una mezcla de culebrón de sobremesa y sermón religioso. Le recordé que se había llevado todo mi dinero, que era él quien había decidido irse.

Me puso una denuncia por abandono del hogar. O eso dijo. Solo que no había hogar ni nada, nunca lo hubo. Me llamaba para insultarme, para recordarme lo defectuosa que era, para enumerar todos mis defectos. Colgaba y volvía a llamar. No quedaba rastro de aquel chico más bien tímido que nunca alzaba la voz. Al hombre enfurecido que se esforzaba en herirme en lo más profundo yo le había confiado mi vida no hacía tanto. Me había ido a vivir con él y se cumplía la profecía de mi padre. Olvídate de tu padre, me decías tú.

Comenzó el suplicio de los juzgados. Yamal quería pedir el divorcio en Marruecos. Me negué. Recordaba tu experiencia, cuando habías cruzado el Estrecho para poner fin a tu matrimonio y el juez te había humillado reprochándote que abandonaras a tu marido y a tu hija, que tuvieras un comportamiento indecente, que vistieras de ese modo. Por eso Saíd no te pasaba ninguna pensión para la niña, porque la sentencia de divorcio decía que no estaba obligado por haber sido tú la que había decidido irse.

Volví a los atracones, a llenar el carro del supermercado con porquerías. Tú también, después de todo ese tiempo de dietista y agujas y gimnasio, lo dejaste todo y volviste a asaltar la nevera. Ahora lo hacíamos las dos. Ni siquiera nos daba vergüenza vernos así la una a la otra. Al contrario, lo convertimos en un ritual secreto, una orgía particular. La preparábamos como quien organiza una fiesta. Pizzas congeladas, cerveza, cacahuetes con miel, chocolate, hamburguesas con queso fundido y panecillos que se deshacían al entrar en contacto con la saliva. Y nuestro favorito: pan de molde con Nocilla. Nos terminábamos una bolsa entera de una sentada. Ahora ya no podíamos vomitar. Lo único que hacíamos al acabar era mirarnos con tristeza esperando a que se nos pasara el dolor de barriga. Engordamos mucho.

Nos vimos en los juzgados de la ciudad, donde me preguntaron si era cierto que había impedido que Yamal viera a su hijo. Muerta de miedo intenté contar lo que había pasado. Me salió un relato atropellado. Aunque les decía la verdad, estaba segura de que no iban a creerme. Al abogado de oficio le confesé que tenía miedo de que se llevara al niño si le daban la custodia, pero me contestó que Yamal tenía sus derechos como padre. La sentencia estableció visitas en fines de semana alternos y un mes en verano, los gastos a medias y una pensión que era una miseria porque Yamal no trabajaba. Había una cláusula que decía que nos comprometíamos a no meternos en la vida del otro.

El primer fin de semana sin el niño sentí como si unos cuchillos afilados me atravesaran el vientre. No podía dormir pensando en la posibilidad de que se lo llevara lejos. El hombre con el que había dormido tanto tiempo era ya un desconocido, no podía fiarme. A veces intentaba tranquilizarme a mí misma: no será capaz, eres una exagerada, ni que fueras Betty Mahmoody, la autora de *No sin mi hija*. Y mi hijo merece un padre. Empecé a culparme por no haberle escogido uno como Dios manda. Además, se dedicaría a adoctrinarlo en ese nuevo islam que él decía que era el verdadero. El domingo me lo devolvió vestido con el mismo tipo de ropa que llevaba él: un conjunto de dos piezas gris con la camisa por encima de las rodillas. Y olía raro.

Me enamoré de Javi. ¿Me enamoré? Creía estarlo entonces aunque también el amor era parte de la confusión en la que estaba sumida. ¿Qué era el amor? No lo sabíamos, no lo habíamos visto nunca. Puede que no existiera. Lo único que sabía era que siempre que tenía la oportunidad corría a verlo y me metía en su despacho lleno de libros. Nada importaba ya, nada salvo escuchar mis carnes anhelantes, el frenesí de nuestros cuerpos. El mío al fin libre de todas las ataduras. No me guiaba más que por el dictado de mi propio deseo, perdí el pudor, dejé de preocuparme por lo que él pensaría de mí si quería adoptar una u otra postura, si me apetecía llenarme la boca con él. Cuando quería algo se lo pedía. Con él podía hacerlo, alguien como Javier nunca me tomaría por una puta por el simple hecho de gozar todo lo que quería.

Tú estuviste un buen tiempo sin salir con nadie. Ni rollos ni nada, ibas a centrarte en ahorrar para abrir una peluquería. Tu jefa te miraba mal desde que habías engordado. No paraba de repetir que la imagen era lo más importante, que alguien que trabaja en nuestro mundo no puede dejarse. Menos aún en un salón tan selecto como el suyo.

Un día te quitaste el jersey y me asusté al verte: tenías infinidad de marcas por toda la espalda. Marcas de dientes, arañazos. Al darte la vuelta vi que tenías los pechos amoratados. No es nada, me dijiste al descubrir la cara de espanto con la que te miraba. No es nada. Te habías visto con un chico. Ahora era uno que habías conocido en el trabajo. De fiar, no un desconocido como los de aquella noche. Es bueno. ¿Y te hace esto? Sí, pero porque yo se lo pido. Me calma, no sabes cómo me calma. Si no es así, ya no puedo disfrutar.

Me acordé del comentario que hiciste una vez que hablábamos de sexo: para mí, si un hombre no te azota, no es un hombre ni es nada. Pero entendí que te referías a un cachete juguetón en el trasero, no a aquellas heridas que te habían dejado marcada por todas partes. En ese momento tenía que haber hecho algo, tal vez avisar a tu madre, convencerte para que fueras a ver a un profesional, tendría que haberme dado cuenta de que aquello no era normal. ¿Pero qué sabíamos nosotras sobre lo que era normal o no?

¿Te duele? Fue lo único que me atreví a preguntarte. A pesar de que me daban ganas de pasarte los dedos por la piel para que desapareciesen las marcas, no lo hice. Sí, duele, pero es un dolor que me libera, me ayuda a olvidarme de todo, mi cabeza se detiene y me siento segura. Saber que puedo soportarlo me hace sentir fuerte. Me acordé de cuando Yamal me apretaba la cabeza contra la almohada, de lo liberador que había sido en ese momento, cuando yo era incapaz de asumir mi propio deseo, mi propio placer. Me apiadé de ti. Aunque me dijeras que eso era lo que querías, sentí tristeza al imaginarte recibiendo los golpes. Los mismos golpes que mi madre había soportado durante tanto tiempo.

Javier vino a la presentación del libro, algo que me hizo casi tan feliz como publicar por primera vez. Me miraba atento desde la primera fila mientras yo hablaba. Me sentía orgullosa, pero también me daba vergüenza decir alguna tontería, que notara mi falta de cultura. Me animaba a volver a la carrera, pero yo no tenía tiempo para nada.

Me hicieron algunas entrevistas. Hubo periodistas amables que leyeron lo que había escrito y me preguntaban por lo que contaba en el libro, pero también los hubo que más que entrevistarme parecía que me estuvieran interrogando. Me acompañaste a esa radio en la que una mujer rubia muy enérgica me interrumpía cuando contestaba a sus preguntas y de repente era como si yo fuera la culpable del machismo del mundo musulmán, como si no tuviera derecho a reflexionar sobre feminismo porque había nacido en el machismo. Otra me preguntó qué era la intimidad, y fue como si me acusara de exponerla.

Era muy joven, me sentía desprotegida ante todas esas opiniones sobre algo que había escrito en la soledad angustiante en la que había vivido. ¿No tenía derecho a escribir lo que me apeteciera? ¿Interrogaban así a otros escritores? Muchos hombres hablaban de su intimidad sin que eso escandalizara a nadie. ¿Por qué? ¿Porque su intimidad era conocida y la mía no? Tú intentabas calmar mi incomodidad con toda aquella exposición repentina: hacen su trabajo, nada más.

Hablar en público, que me entrevistaran, que me fotografiaran, todo me ponía tan nerviosa que cuando volvía a casa hablaba y hablaba sin parar. Hasta que un día me dijiste que frenara un poco, que me volvía insoportable. Sentí una punzada bajo el vientre porque nunca me habías regañado, incluso me dio por llorar y me escondí en el baño para hacerlo. Para ti fue un comentario sin ningún tipo de importancia, pero imaginar que pudiera resultarte pesada, que te decepcionara aunque fuera de un modo muy insignificante, que te dieras cuenta de mis verdaderos defectos era algo que me provocaba un dolor ancestral y profundo.

Con la publicación del libro empezaron a llamarme de muchos sitios. Yo cogía a mi niño, me subía al tren, hacía trasbordos, esperaba en las estaciones. Él era tan pequeño y se portaba tan bien... Se quedaba quieto en la primera fila y, si estábamos en una librería, se iba a la zona infantil y todo el mundo me decía: qué niño tan bueno. Cuando la gente se daba cuenta de que no le hablaba en la lengua de mi madre se sentían decepcionados y me decían: qué pena perder una lengua, y yo no me atrevía a contarles que para conservar la lengua me hubiera tenido que quedar en el barrio bien tapada. Lo único que conseguía explicar era que las lenguas no van solas, que están vinculadas a emociones y que mis emociones hacía décadas que no estaban ligadas a la lengua de mi pueblo. Me di cuenta de que mucha gente lo quería todo de nosotras: que nos integráramos y adoptáramos las costumbres de «aquí» (sin que nadie supiera responderme a la pregunta de cuáles eran esas costumbres), pero al mismo tiempo que conservásemos la lengua, la cultura y las cosas buenas de nuestro origen. Toda la multiculturalidad que entonces estaba de moda se materializaba en nosotras, en nuestros cuerpos y nuestras vidas, y nadie nos preguntaba qué era lo que queríamos en realidad.

Me agotaba tener que explicarme siempre, romper los moldes en los que nos habían metido. Nosotras, las otras, teníamos que responder a infinidad de tópicos. Quizá habría sido más cómodo dejarme llevar por la corriente y responder a todo que sí. Que sí, que hablaba con mi hijo en árabe, aunque esta no fuera mi lengua. Quedaría todo el mundo asombrado: qué suerte poder transmitirle un idioma que hablan millones de personas. Y que sí que rezaba cinco veces al día, y cumplía el ramadán, y estaba felizmente casada, y a mi marido le bailaba la danza del vientre. Que sí, que sí, que Marrakech era muy bonito y el islam una religión de paz y amor. Y yo hacía dos días que había aterrizado procedente del desierto.

Otras veces me tocaba formar parte de las actividades que se organizaban, decían, para fomentar el entendimiento entre culturas, y de nuevo me veía obligada a pensarme en esos términos. Incluso me tocó compartir mesa con líderes religiosos, portavoces de la «comunidad» de lo más variopintos, imanes vestidos con sus chilabas largas y sus gorritos. Y fui a aquella cena organizada por el consulado, ¿te acuerdas? Allí me sentí más extranjera que nunca. El presidente de una fundación que trabajaba en favor de la integración me invitó a sentarme en la mesa presidencial. Casi todos eran hombres soltando discursos de lo más aburridos, siempre con el *insha allah* en la boca, diciendo del modo más audible posible *bismi allah* para empezar a comer. Ni una gota de vino, ni una cervecita para pasar el tedioso trance. Casi todos hablaban árabe, yo no entendía nada. El presidente de la fundación dijo que estaban orgullosos de mí, como si yo fuera suya, como si les perteneciera por el simple hecho de que mis padres habían nacido en el mismo país que ellos. Al acabar la cena, un imán se puso a rezar y yo me preguntaba qué hacía allí. ¿Qué hace una escritora como tú en un sitio como este?

Por no hablar de quienes me convocaban para poner una nota de color en sus actos, hay que ser diversos, inclusivos. Lo que había escrito parecía importarles poco en realidad.

Tal y como había pasado cuando iba al instituto, nadie me preguntaba sobre los asuntos de los que realmente quería hablar. Que entonces no era más que el deseo, el deseo que nos impulsa a vivir, a la libertad, a disfrutar de la propia existencia, porque hacía años que había comprendido que no había otra. Que no había ningún paraíso esperándonos después de la muerte, que debíamos aprovechar las rosas de la vida antes de que se marchitaran, que tantas concesiones y tantas renuncias no nos habían aportado nada. Lo único que me interesaba en ese momento era gozar de la libertad que tanto me había costado conquistar. Pero sobre eso nadie quería oír una sola palabra, querían religión, exotismo, política internacional. Todo menos deseo.

Una señora, en una de las presentaciones, me dijo: lo único que queréis vosotros es invadirnos para islamizarnos a todos. Le pregunté a qué se refería con «vosotros», pero no pareció comprenderme, no quería ni escucharme. Otra, que si no tenía problemas por llevar una camiseta tan escotada, si mi religión me lo permitía. Porque una cosa es quitarte el pañuelo, algo que a ella le parecía muy bien, y otra ir tan atrevida. Es cierto que ese día llevaba el vestido blanco de tirantes que me llegaba hasta la mitad del muslo y que la mesa era sobre las aportaciones del islam a la cultura occidental. A la mujer, que no era musulmana, le pareció que al imán, allí presente, podría parecerle ofensivo mi modo de vestir. Pero él no se quejó. Cuando me hablaba no conseguí que me mirara a los ojos. No por pudor, como él mismo decía que había que hacer por respeto a las mujeres, sino porque tenía la vista fija en mi escote.

XIII

Un mes entero. Al niño tenía que dejarlo con su padre más días de los que había pasado nunca separado de mí. Estaban en su derecho, el padre y el hijo, pero era tan pequeño... ¿Y si se lo llevaba y no volvía a verlo? Me quedé mirándolo cuando en brazos de Yamal, con la barbilla apoyada en su hombro, me decía adiós con la manita sin saber que estaríamos separados tanto tiempo. Le rogué, le supliqué que lo cuidara bien y se ofendió: pero si a este niño lo he criado yo, ¿o no te acuerdas de que te pasabas el día fuera? Mi madre me llamó días después preocupada porque le habían dicho que mi hijo estaba en casas de sufrías, de hombres solos, y que no era sitio para un crío. ¿Y por qué no le dijo eso al padre de la criatura? No entendía que yo no podía hacer nada, que no podía negarme a las visitas aunque supiera que no era un buen padre, o que no tenía dónde vivir y cada fin de semana dormía en un piso distinto de amigos suyos. En las palabras de mi madre había cierto reproche. ¿Era yo la responsable de todo? ¿Del comportamiento de Yamal? ¿Por qué? ¿Solo porque lo había escogido en vez de dejar que ellos lo hicieran por mí?

Tú también te fuiste cuando te dieron vacaciones, viajaste con tus padres y la niña al pueblo. Ella te llamaba por tu nombre, nunca decía mamá.

Era la primera vez que estaba completamente sola. Sin nadie. Llamaba sin parar a Javier. Me contó que pasaría el mes de agosto en la casa que tenía su familia en la costa, y por un momento me vi también sin él, sola en una ciudad que aún estaba conociendo, de la que aún no me sentía parte. Ven conmigo, ¿por qué no vienes?

Me enseñó una calita de difícil acceso. Había que bajar por una cuesta pedregosa entre pinos. Yo me paraba a cada momento, extasiada por la belleza del mar. Oía música. Cuando veía la extensión azul y la luz me cegaba, en mi cabeza sonaban melodías instrumentales que ni siquiera recordaba haber escuchado. Javier se reía de mi asombro y decía que sufría el síndrome de Stendhal, que yo no sabía lo que era. Me ocurría algo parecido cuando pasaba las yemas de mis dedos por ciertos recovecos de su piel. Él se quejaba de ser tan blanco, tan sensible al sol, pero a mí me fascinaba esa claridad epidérmica. También su pelo lacio que caía de lado y que a veces, en un gesto que repetía a menudo, colocaba detrás de la oreja deslizando el índice. Dedicaba muchos ratos a observarlo, cuando estaba absorto en un libro, cuando comía. ¿Qué era todo aquello que me despertaba? ¿Podía al fin decir que era amor o no era más que otro espejismo?

No nos pongamos etiquetas, me repetía él, las etiquetas lo destruyen todo. Estamos aquí y ahora los dos y en este instante cabe el infinito. ¿No basta con eso? Entonces no supe responderle. Entre nuestros matrimonios desastrosos y el regusto amargo de tu colección de amantes y experiencias, no sabía si podía existir algo más. Ni si yo tenía derecho a reclamar otra cosa que no fuera ese mes en casa de Javier, una casa a la que, cuando vivía en el barrio, nunca habría soñado acceder, con vistas al mar y rodeada de aromáticos pinos.

Bebíamos, comíamos, leíamos, comentábamos las lecturas. Él hablaba sin parar de teorías de lo más aburridas, aburridas porque no me parecía que tuvieran ninguna conexión con la realidad, sino que todo eran interpretaciones, ideas que se sustentaban sobre otras ideas que tampoco tenían nada que ver con el mundo de verdad. Como una nube de azúcar enredándose sobre sí misma. Pero no decía nada, claro, yo pensaba que no tenía suficiente conocimiento para darle a todo eso la importancia que merecía. De todos modos, daba igual lo que dijera, lo que me interesaba era contemplarlo mientras defendía de un modo apasionado a un autor, un tipo de literatura, o soltaba críticas implacables sobre escritores que yo no conocía. Se jactó de haber impedido que una mujer ganara un premio del que él era jurado. Se lo querían dar por ser mujer, me dijo, solamente por eso. La novela era una cursilada, no hablaba más que de temas femeninos, y eso no era literatura ni nada. Lo que más le había gustado de mi libro era que no había caído en esa trampa: enarbolar la bandera del feminismo, tener protagonistas femeninas con problemas femeninos. Algo que decía con una mueca que le afeaba la expresión.

De vez en cuando llamaba al niño y desde el otro lado del teléfono me decía que creía que estaba muerta. Tan pequeño y ya era capaz de decir algo así: es que como no estás creo que te has muerto. No sabía imaginarme lo que estaría viviendo mientras estaba con su padre, si le estaría llenando la cabeza con su fanatismo, esas explicaciones minuciosas de los fundamentalistas sobre lo que les espera a los infieles en el infierno. Si le estaría contando que su madre estaba condenada. Me carcomía la impotencia pero me secaba las lágrimas después de colgar y volvía ante Javier como si nada, todo bien, todo muy bien, ¿qué hombre va a querer escuchar las preocupaciones de una madre divorciada?

La calita a la que íbamos no tenía arena. Me pasé casi todo el mes tendida sobre una gran roca, completamente desnuda. Sin estorbos, sin telas, sin encogerme ni esconderme. Incluso si aparecía alguien, no me importaba, que me vieran, que me miraran, no me importaba ya. Esa era yo, así era y merecía salir a la luz del día con ese cuerpo tanto como cualquier otra persona en el mundo. No había nada ofensivo en mí. Nada peligroso. Sentía el sol inundándome el cuerpo entero, la carne extendida sobre la piedra caliente. Pero no sabía nadar y me metía en el agua con miedo. Hasta que poco a poco fui adentrándome cada vez más en el mar y Javi me enseñó a respirar sacando el aire por la nariz dentro del agua y a mover brazos y piernas, y yo me acordé del trabajo sobre los estilos de natación que había escrito en el instituto. Me agarraba a él y, si abría los ojos dentro del agua, podía ver los peces, y me gustaba notar el agua entrándome por todas partes, el sabor salado que me quedaba en los labios y en la piel. Un día nadé hasta bien adentro y miré al fondo, tan profundo que se volvía oscuro, y me dije: no tengo miedo, no tengo miedo, no tengo miedo.

XIV

Al volver del pueblo estabas agitada, deambulabas sin rumbo por el piso. Cogías la bici, te habías acostumbrado a ir siempre en bici por la ciudad, y te pasabas horas fuera, pedaleando sin parar. Me contaste que las vacaciones habían sido un desastre. La niña no me conoce, se cree que soy una tía o algo así. No sé cómo ser madre con ella, no sé qué hacer para acercarme. Ni siquiera me echa de menos, ya ni eso, se ha acostumbrado a estar sin mí. El apego se lo tiene a mi madre, la llama *iimma* y duerme con ella. Por eso habíais discutido tanto, porque te reprochaba que tú también hubieras abandonado a tu hija. Como había hecho Saíd.

Gastaste buena parte de tus ahorros. Ya sabes cómo son las cosas allí. Cuando llegamos a Marruecos los que vivimos en Europa, los precios se ponen por las nubes y te vienen a visitar familiares todos los días, y tienes que comprar comida para recibirlos. Por no hablar de los regalos, de las bodas que se organizaban todas en verano porque era cuando los del «extranjero» podían desembolsar buenas sumas de dinero. Te pasaste el mes haciendo de chófer, llevando a esta tía aquí, a la otra allá. Casi me ahogo, me dijiste, de una casa a otra, comer y comer sin parar, todo tan pequeño, una mentalidad tan provinciana. Ya no me acordaba de lo que eran los cotilleos. Antes no me afectaban, me resbalaban siempre, esta vez..., no sé, algo ha cambiado. Ellos no, la gente del pueblo sigue igual, pero consiguen herirme como no habían hecho nunca. Como si antes hubiera tenido una capa sobre la piel que me protegía de este tipo de cosas y ahora la hubiera perdido.

Lo que más te dolía eran las broncas de tu madre. Que te centraras de una vez, te pidió, que se les estaba acabando la paciencia. Entonces volviste a reprocharle que te casara con un primo, salieron temas de los que nunca habíais hablado. Me equivoqué, te dijo, me equivoqué y lo siento, siento haberte arruinado la vida. No hay nada de lo que me arrepienta más que de haberte dado en matrimonio a ese impresentable. Pero yo no soy la responsable de todo lo malo que te ha pasado, no soy la que toma tus decisiones. Desde que volviste de aquel infierno me prometí a mí misma que nunca más volvería a decirte lo que tenías que hacer. Pero ya está, eso pasó hace mucho.

No te convenció, de repente decías que todo te había ido mal por culpa de haberte casado con el imbécil ese. Que todo venía de allí. Que parecía que te hubieran maldecido desde pequeña, y hablaste como nunca de tu infancia, de lo terrorífico que había sido descubrirte deseada por los hombres desde una edad muy temprana. Eras grande, parecías mayor, estabas más desarrollada que las otras niñas. Los hombres empezaron a perseguirte por la calle cuando tenías diez años. Hacían comentarios sobre tu cuerpo y no tardaron en visitar a tu padre para pedir tu mano. Ojalá hubiera sido fea, me dijiste. La belleza no era más que una maldición. Y yo me acordaba de cuando me enseñaste a usar el *eyeliner* y a ponerme el colorete en diagonal sobre los pómulos. Cuando ante el espejo deslizabas la barra de labios con un gesto en el que no podía dejar de pensar. Te imitaba, a veces, para ver si podía parecerme en algo a ti.

¿Dónde estaba la jovial y pragmática mujer con la que había salido a correr, había compartido atracones y confidencias, borracheras clandestinas? ¿Dónde la soberana de su propio destino dispuesta a comerse el mundo, a morder la vida hasta sacarle todo el jugo?

Empecé a preocuparme cuando te quedabas dormida y llegabas tarde a trabajar. Luego se te metió en la cabeza que tenías el sida. Estabas segura, porque en muchas de tus noches locas no habías usado protección. Sería un buen castigo, dijiste. ¿Castigo por qué? Pues por portarme así, por ser como soy, por ser una puta. Me enfadé contigo por hablar así de ti misma. No nos quieren, me dijiste, los hombres no nos quieren más que para una sola cosa. Retumbó en la habitación la voz de mi padre, las advertencias de mi madre. No es cierto, lo único que ocurre es que estás pasando una mala racha.

Yo seguí en la ONG rellenando solicitudes, realizando trámites, informes para que los inmigrantes pudieran conseguir papeles. Yamal me había devuelto al niño, que ya había empezado a ir a la escuela, y me decidí a regresar a la universidad. Iría dos días, nada más, dos tardes en las que mi hijo se quedaba en la ludoteca. Tenía que correr a buscarlo, bañarlo, preparar todo para el día siguiente. Al principio me sentí decepcionada por las clases. Me daba la sensación de que todo lo que allí se contaba no era más que un entretenimiento. Lecturas y más lecturas, teorías sobre esas lecturas, teorías sobre las teorías. Interpretaciones a veces tan alejadas de lo escrito que parecían invenciones en sí mismas. ¿Por qué un determinado objeto situado en la página tal demostraba que el autor había querido decir lo que en realidad nunca había dicho ni en la novela ni fuera de ella? ¿Por qué no bastaba con el sentido que cada lector decidiera darle sin más a lo que estaba escrito? Muchas de las obras que a mí me habían marcado más fueron analizadas de un modo completamente distinto por mis profesores, lo cual me desconcertaba. Se necesita un intérprete, decía Javier, un traductor que explique lo que las obras quieren decir en realidad.

Y ya más tarde, cuando entramos en los estudios comparados, no le veía el sentido a nada. Se comparaban cosas que no tenían nada que ver, se establecían paralelismos basados en elementos que a mí me parecían secundarios. Y todo eso con lo que no estaba de acuerdo tenía que aprendérmelo de memoria para luego defenderlo en los exámenes y trabajos. Con lo fascinada que había estado los primeros dos años de carrera, ahora me resultaba extraño mi propio desconcierto.

Según Javier, lo que me faltaba era tener más bagaje intelectual para entender la complejidad y la importancia de lo que estaba aprendiendo, pero no me convenció. A veces en clase tenía la cabeza más puesta en lo que hacía falta comprar en el súper para la cena y en si al día siguiente el niño tenía natación que en las subjetividades híbridas, la muerte del autor o la deconstrucción de los discursos literarios. Terminé la carrera porque necesitaba el título, algo triste porque también se me había caído el mito de la universidad como exponente más elevado del conocimiento y su transmisión.

Javi seguía diciendo que no hacía falta ponernos etiquetas. Que él no creía en la monogamia, que le parecía un invento pequeñoburgués para coartar la libertad de los individuos. Pero lo cierto es que teníamos una relación de lo más estable. Nos veíamos a menudo, empezamos a quedar incluso con el niño. Una vez me acompañó en coche a llevárselo a su padre y al vernos bajar Yamal miró a Javier con furia y empezó a gritarme: ¡ni lo sueñes! Estás muy equivocada si crees que voy a dejar que a mi hijo lo eduque un cristiano. Me miró con asco: tú con tu vida haz lo que te dé la gana, pero a mi hijo mantenlo alejado de los infieles. Como siempre, amenazó con quitármelo.

Me costó convencerte para que fueras a hacerte las pruebas del VIH. No querías ir, decías que no querías que te confirmaran que estabas contaminada. Usabas esa palabra. Te acompañé una tarde y me diste a mí el sobre con el resultado. No quiero verlo. Estábamos en medio de la calle cuando te abracé y te susurré al oído: negativo. Lloraste como una niña pequeña.

Luego empezaste con lo de los espías, que te seguía un detective privado que tu madre había contratado para saber lo que hacías. Yo no sabía si eso podía ser verdad. ¿Para qué iba a espiarte tu madre? Me contaste que porque tenías que abortar. ¿Cómo que debes abortar? Pero ¿estás con alguien? Y la respuesta fue que no, pero habías vuelto a tener rollos y te habías quedado embarazada. Que si ibas a una clínica normal, tu madre te descubriría, que tenías que ir a una privada. Por eso necesitabas que te prestara dinero.

Después del aborto estabas aún más confusa, más desorientada. Te echaron de la peluquería. Intenté convencerte de que necesitabas ayuda, tenías que buscarla, porque lo que te ocurría no era normal.

Lo único medio divertido que hicimos en esos días fue visitar a la pitonisa, ¿te acuerdas? Te la recomendó alguien, te dijeron que lo acertaba todo. Era una charlatana que no contaba más que lo que tú ya le habías dicho en tus preguntas, pero la mirabas asombrada. Lo vio claro en las cartas, sí, estaba clarísimo: si había salido aquella en concreto era porque te habían echado una maldición. Que viene de lejos, de otro país, dijo. ¿Puede ser? ¿Has estado alguna vez en un país lejano? Como si no saltara a la vista que éramos moras. Pero a ti te valió y también te calmó seguir un ritual de lo más complicado que te mandó realizar en noche de luna llena. Con trozos de cabello, quemando no sé qué cosa. Igual que los que practicaban las mujeres del pueblo, que sabían infinidad de sortilegios para deshacer ese tipo de cosas. Aunque yo no creía en nada de todo eso, me alegré de que recuperaras la calma y volvieras al gimnasio y a buscar trabajo. Que volvieras a arreglarte para salir y que dejaras de estar todo el día con ese chándal gris horrible que arrastrabas a todas partes. Me alivió verte renacer.

XV

Ese fin de semana el niño estaba con su padre. Quedamos con Javier, creo que te lo presenté ese mismo día. También vino Raquel con su novio. Fuimos a ver una película en versión original, una sobre dos chicos jóvenes de la *banlieue* de París que emprendían un viaje a Argelia para buscar sus raíces porque uno era descendiente de inmigrantes y el otro de *pieds-noirs*. La primera escena mostraba al chico completamente desnudo de espaldas mirando por un ventanal, luego se giraba hacia los espectadores mostrándose entero. Javier había querido sentarse entre tú y yo. Tenía muchas ganas de conocer a la amiga de la que Naíma me ha hablado todo este tiempo, dijo, casi te tengo celos.

Cenamos en un libanés que estaba al lado del cine. Javier coqueteaba contigo y también con Raquel, aunque su novio estuviera allí. Sonaba música instrumental árabe, muchas darbukas que hacían que nos miráramos tú y yo y no pudiéramos evitar mover la cabeza a su ritmo. Habíamos acabado hacía rato, pero pedimos más vino y seguimos hablando. Raquel y su novio tenían que irse. Nos quedamos los tres envueltos en aquella atmósfera lejana. A ti y a mí la música nos resonaba en algún lugar remoto de la memoria, la memoria del cuerpo que parecía recordar fiestas, cantos y danzas. Una alegría de la que nos habían expulsado pero que también formaba parte de nosotras.

Al final de la noche, el camarero nos preguntó si queríamos alguna canción. Pedimos una del álbum *1, 2, 3 Soleils* y nos pusimos a chillar cuando escuchamos los primeros acordes de *Khalliouni Khalliouni*. Al empezar la darbuka no pudimos más y nos levantamos para bailar. El camarero nos trajo un par de pañuelos que nos anudamos a las caderas, y Javier nos miraba extasiado apoyándose en los cojines. Con *Menfi* fue cuando nos soltamos completamente, cantando a viva voz, dirigiéndonos la una a la otra cuando repetíamos: «Oh, desterrado, dile a mamá que no llore», «oh, exiliado». Me acordaba de la traducción que me habías hecho hacía tantos años. Soltaste el pañuelo de la cadera y me lo pusiste detrás del cuello, atrayéndome hacia ti. Te girabas, ondulabas con una gracia deslumbrante y yo intentaba seguirte el ritmo.

Fuimos a casa de Javi a tomar la última. Tú quisiste marcharte, pero no te dejamos. Yo veía las calles y los edificios desdibujados bajo las luces de las farolas, todos los ruidos me parecieron lejanos y la sensación de ingravidez en la que me sumió el vino me resultó reconfortante. No pasaba nada, nada había sido tan grave. Nosotras no hemos hecho nada, te dije agarrándote por la cintura. El problema eran ellos. Todos. No hicimos daño, no nos metimos en la vida de los demás, confiamos. El problema no éramos nosotras, te repetía. Ya, dijiste, que los jodan. Que los jodan a todos. A los padres y a los hermanos y a los maridos y a los predicadores. Peor para ellos. Sí, añadí yo, peor para ellos. En medio de una plazoleta nos pusimos a gritar: ¡que os jodan a todos! Y Javi intentaba que bajáramos la voz, que nos calmáramos un poco. Te giraste hacia él: no hay otra vida, Javier, no la hay. Esta es la única. Vivamos el presente.

Nos sentamos los tres en el sofá y seguimos bebiendo. Él hablaba y hablaba sin parar como si nos estuviera dando una clase. Hasta que me cansé de escucharlo y lo besé. Te miraba a ti mientras lo hacía. Sonreías, la situación parecía divertirte. Me senté encima de él. Parecía un sueño, una realidad paralela en la que todo era posible y nada importaba. O importaba todo. Javier pasó sus largos dedos por mi escote. Apartó la tela de la camiseta para que emergiera entero uno de mis pechos. Amoldó su mano a mi carne, te tendió la otra. Ven, te dijo, y tú moviste la cabeza soltando una risa nerviosa. Entonces fui yo la que te miré y te dije: ven. Por favor. Te acercaste titubeante, dejaste que Javier guiara tu mano hasta mi pecho. Al rozarme creí que iba a desvanecerme, que mi piel, mi carne, mis huesos se desharían hasta convertirse en líquido, un río que se escurriría entre vuestras manos y desaparecería para siempre jamás. Pero no me desvanecí. Te acercaste más aún. Primero probaste mi pezón y luego lo soltaste para besarme, al fin.

XVI

A veces no es necesario hacer realidad las fantasías. Fue algo que leí un tiempo después de aquella noche en casa de Javier. Son representaciones, no deseos literales de lo que queríamos hacer. No sé si es así, solo sé que pisábamos territorios nuevos, que a tientas íbamos descubriendo el sexo, el amor, el mundo. De ser educadas por madres que habían conocido a sus maridos la noche de bodas pasamos a tener que gestionar infinidad de asuntos. Decidir si éramos monógamas o no, si queríamos una relación al uso que tampoco sabíamos muy bien en qué consistía porque no la habíamos visto más que en series de televisión y películas. Del sexo a oscuras cargado de violencia y tinieblas, de dominarte para que tus apetitos no se desataran a tener que decidir si una noche cualquiera, sentada con tu novio, no, tu «no nos pongamos etiquetas», vas a invitar a tu mejor amiga a la fiesta. De tener que esconder el pelo cuando entraba un hombre desconocido en casa a liarnos con el primero que conocíamos en una discoteca. Es que eso ya es pasarse, dirían algunos equilibrados observadores de nuestra realidad. Una cosa es que nos liberáramos de las ataduras que nos habían impuesto en casa y otra muy distinta darnos a esa vida de desenfreno.

No faltaban moralistas, los había de todos los colores. No entendían nuestra búsqueda ni nuestra necesidad de sacar el máximo provecho a la libertad, una libertad que nos había salido tremendamente cara. A veces dudábamos, claro que dudábamos. Cuando las exigencias del día a día y la soledad nos vencían, nos dejábamos tentar por la posibilidad de volver. Pero ¿volver adónde? ¿A cuidar de los niños en casa, a limpiar, a cocinar, a depender de alguien, a dejar que los años pasaran hasta que ya no nos quedara ninguno? No, creo que tú y yo nunca nos dejamos embaucar por la idealización de ese pasado que solo añorábamos porque era el nuestro, no porque fuera bueno para nosotras.

Tú y yo empezamos a vernos muy poco. Apenas nos hablábamos. Estabas casi siempre fuera. Incluso evitábamos mirarnos a los ojos. Fue entonces cuando Yamal se presentó un domingo por la tarde con una bolsa llena de los juguetes del niño. Que pasaría una temporada fuera y que regresaría al cabo de un mes. Pero me pareció extraño. Llamé a mi madre por si sabía algo y me dijo que se había fugado, que andaba metido en no sabía qué asunto por el que lo buscaba la policía. Así pasé a tener al niño siempre conmigo. Cuando preguntaba por su padre y me pedía que lo llevara con él, yo tenía que buscar excusas para su desaparición. No sabía que aún podía estar más sola, que ese pozo iba a ser todavía más profundo.

No sé muy bien qué me ocurrió con Javier. No sé si la noche que pasamos los tres juntos lo cambió todo, pero yo ya no lo veía igual que antes. Empecé a espaciar los encuentros con él, los discursos teóricos que tanto me habían deslumbrado cuando lo vi dando clase la primera vez ahora me parecían pura charlatanería aburrida y vacía de contenido, de repente no podía tolerarla. Me asombraba el cambio de mi propia percepción: ¿siempre había sido ese pedante superficial que disfrazaba su desconocimiento de las verdades más profundas de la vida con todos esos términos elevados que no significaban absolutamente nada? Y si era así, ¿por qué no lo había visto? ¿Cómo me había dejado impresionar de ese modo? Volví a sentir una decepción parecida a la que me había provocado Yamal, había vuelto a proyectar sobre Javier un ideal que no existía, que no estaba más que en mi cabeza. Pero pensé que en este caso no importaría, que él y yo no éramos nada, ya sabes: sin etiquetas. Tampoco es que hiciera algo concreto para decepcionarme, fui yo la que pasó a verlo como era y me pareció alguien completamente alejado de mi realidad. ¿Qué iba a comprender un señor de buena familia, que siempre lo había tenido todo, con segunda residencia incluida, y al que habían hecho titular en la universidad siendo muy joven porque el jefe de departamento era amigo de sus padres? ¿Cómo sentirme cercana a quien no ha vivido nunca en un barrio al que hay que llegar cruzando la vía del tren? Una vía sin soterrar, sin paso a nivel. ¿Cómo iba a comprender lo que es jugarte la vida para ir a casa todos los días?

Creo que parte de mi fascinación tenía que ver con eso. Su clase social era de lo más exótico para mí. Y la fascinación por lo exótico no tarda nada en desvanecerse. Lo distinto, cuando se hace cotidiano, deja de ser distinto. Lo que no esperaba era que reaccionara de ese modo cuando decidí verlo menos: le dio por llamar a todas horas, por preguntar adónde había ido, con quién había estado. Incluso llegó a esperarme a la salida de una de las clases. No habíamos roto, lo único que le pedí fue un tiempo para estar con mi hijo y ocuparme de todas las cosas de las que me tenía que ocupar. Él me dijo que me notaba fría, distante, que estaba cambiada. Que había perdido interés por él.

Aunque durante el tiempo que estuvimos juntos fue amable y agradable, cada vez que me llamaba y le decía que no quería quedar, él intentaba convencerme de lo contrario, se ponía muy pesado, soltándome discursos para que cambiara de opinión. Llegó incluso a decirme que me quería. Así, sin más: te quiero. Sin ninguna convicción, como quien te canta el menú del bar. No es cierto, sabes que no es cierto, tú eres de los de no nos pongamos etiquetas, no crees en la monogamia. Seguimos así un tiempo, nos veíamos de vez en cuando y le daban unos arrebatos romanticones de lo más cursis. Cursis de verdad. Entonces me acordaba de mi padre diciendo que los hombres lo único que quieren de nosotras es una sola cosa. ¿Estaba Javier dispuesto a soltar todos aquellos lugares comunes, como él los llamaba, para no perder el privilegio del que había disfrutado tanto tiempo? ¿De tenerme a su disposición siempre que quería porque yo estaba fascinada por él por parecerme mejor que los hombres con los que había crecido?

Me harté de tanto control y tanta llamada y le dije que lo dejábamos. Entonces se puso aún más pesado, decía que no podía aceptar esa decisión que yo había tomado sin tener en cuenta su opinión. Llamaba sin parar, se presentaba en casa y desplegó todo su extenso vocabulario de insultos y vejaciones. Nada que ver con el hombre refinado que escribía artículos brillantes sobre hibridez y subjetividad. Acabé cerrándole la puerta en las narices, tras poner él un pie para impedirlo y empujarla yo con todas mis fuerzas. Con lo poco moro que parecía... ¿Tenías tú razón? ¿Tenía razón mi padre? Se rompía otro espejo, el que decía que había otros hombres distintos de los de nuestras familias. Hombres que respetaban tus decisiones y no intentaban imponerse a la fuerza. ¿Existían en realidad?

No te lo conté. No te hablé de la ruptura con Javier porque tú y yo casi no hablábamos. Te pasabas horas en el gimnasio, luego pedaleabas sin parar por la ciudad. Callada siempre, adelgazando cada vez más. Te dejaba la comida preparada, pero volvía a encontrarla igual. Algo se había roto, y yo no sabía lo que era ni sabía lo que tenía que hacer, lo que podía hacer. ¿Habíamos llegado demasiado lejos? ¿Y si la libertad no era más que una amenaza, una forma de ponernos en riesgo? Riesgo de enloquecer, de perder el sentido, de convertirnos en un amasijo de piezas inconexas que no encajaban.

Todo esto lo pienso ahora. En aquel entonces no

sabía cómo ordenar mis ideas, que iban y venían dentro de mi cabeza sin orden alguno. A veces me obsesionaba con cualquier tontería, no hacía más que darle vueltas y más vueltas. A veces el hilo de mis pensamientos se aceleraba hasta que no podía ni seguirlo, o todo lo contrario, me quedaba quieta con la mente en blanco, incapaz de tomar las decisiones más insignificantes. Lo que más me reprocho de aquellos días es haberme quedado tan atrapada en mí misma, no haberte prestado atención, no haber estado más pendiente de ti. Me daba mucho miedo hablar de lo que había ocurrido entre nosotras, de romper el hechizo de unos hechos que parecían encerrados en la burbuja protegida del mundo de las fantasías. Protegida pero frágil. Si le ponía nombre a lo que había pasado, estaba convencida de que todo se rompería y te perdería. Nos habíamos degustado, habíamos saciado la sed que teníamos la una de la otra dejando a Javier de lado, yo había explorado todos los rincones de tu piel, epitelios tiernísimos y prohibidos, y nos habíamos mirado sin filtros, resguardadas dentro de la visión enturbiada por el vino. Así fue como lo vimos todo más claro, medio en sueños, a tientas, guiadas por el tacto, los dedos anhelando llegar hasta la otra. ¿Era lo que habíamos deseado siempre? No lo sé, tú y yo nunca llegamos a hablar del tema. Yo sé lo que sentí y lo que me pareció leer en tu forma de tocarme, pero quién sabe si no es otra de mis imaginativas proyecciones sobre la realidad.

Intentaba sacudirme ese tipo de pensamientos. Tú habías tenido unas experiencias sexuales mucho más atrevidas que yo, puede que aquella no fuera más que otra de tus aventuras. Que en tu saliva yo encontrara un dulzor que no había encontrado en la de ningún otro hombre no quería decir nada, que tus dedos hábiles me estremecieran como no me habían estremecido ni Yamal ni Javier no significaba que me amaras. Callamos, decidimos no hablar del asunto. Si pudiera volver atrás, no lo dudaría ni un instante: te habría dicho que te quería y que también quería que tú me amaras. Que eras la única persona en el mundo por quien me había sentido bien tratada, bien mirada, querida tal como era. ¿Tú también te sentiste amada por mí o estaba yo tan concentrada en mi falta de amor propio que no supe ofrecer la generosidad que comporta el verdadero amor? ¿Se puede amar cuando no te han amado nunca como es debido?

Entonces todas estas preocupaciones aparecían de un modo fugaz, estaba lejos de poner orden, de comprender lo que significaba el dolor de mi vientre retorciéndose. Hasta que ocurrió. Hasta que te fuiste sin más y yo me quedé sola. Dejamos pasar el tiempo creyendo que este jugaría a nuestro favor, que cuando estuviéramos preparadas hablaríamos de lo que había pasado y todo volvería a ser como antes. Pero de repente el tiempo se acabó. No lo habíamos previsto. El sufrimiento de la vida misma a menudo nos impide darnos cuenta de que esta tiene un límite y que el fin puede llegar en cualquier momento.

Ese día te fuiste como siempre con la bolsa del gimnasio, la llave de la bici preparada en la mano, la gorra negra de donde salía tu coleta. Se movía como una estela que dejaras tras de ti. Echo de menos cosas como el balanceo de tu pelo recogido, el gesto de quitarte un poco de rímel que te había manchado el párpado, limpiarte con el pulgar el pintalabios que se había salido de sitio. Que te ducharas después de maquillarte. Era muy gracioso que hicieras eso. Y que sacaras la cabeza de detrás de la cortina y me pidieras la toalla.

Me llamaron unas horas después. Que si era un familiar tuyo, que si podía darles el contacto de algún pariente próximo. Que lo sentían mucho, pero esa encrucijada era muy peligrosa para las bicicletas. Una distracción, un instante. Nada, no pudieron hacer nada.

Bajabas por Pau Claris deprisa, no sé qué hacías en el centro. ¿Habías quedado con alguno de tus amantes? ¿Habías ido a llevar el currículum a alguna peluquería? Yo siempre he pensado que las calles de Barcelona son peligrosas para los ciclistas. Pero tú no tenías miedo. Ibas en bici a todas partes. Es barato, práctico, rápido y así hacías ejercicio, me dijiste. Siempre con el redoble implacable del ejercicio, de estar en forma, del peso. Maldito sea todo este montaje inútil que nos ha robado media vida, maldita la idea del sacrificio y la velocidad y tener que hacer más, siempre más, y más.

Cada vez que pasabas por el cruce de una de esas calles tan transitadas te estabas jugando la vida. Y ese día la perdiste. No viste el semáforo en rojo, me dijo el hombre que me llamó. Y un coche que iba a toda velocidad por la calle Aragó no tuvo tiempo de frenar. Llevabas puesto el casco, como siempre, pero no sirvió de nada. Hemorragia cerebral, volvió a decir la voz, pero tardé tiempo en comprenderlo.

XVII

Lo que más me costó fue hacerme a la idea de tu ausencia física. A menudo me parecía oír las llaves en la cerradura o ruido de platos en la cocina. Me despertaba y alargaba la mano porque no estaba segura de que no hubiera sido todo un sueño. Hablaba contigo. Como hago ahora, pero incluso me sorprendía a veces haciéndolo en voz alta. Te contaba los gastos, han subido el recibo del agua, no falta mucho para que acabe el contrato de alquiler, no creo que nos lo vayan a renovar.

Empezó un tiempo de soledad absoluta, de vivir con los pies al filo del abismo. ¿Qué iba a ser de mí si enfermaba?, ¿qué pasaría con el niño? El nuestro era un frágil equilibrio, después de todo lo que habíamos pasado era más consciente de ello que nunca. Las madres del colegio discutían sobre métodos de crianza, admiraban esas sociedades africanas en las que era la tribu entera la que cuidaba y educaba a los niños. Me daban ganas de soltarles: ¿queréis una tribu? Pues os regalo la mía, os regalo sus bondades, que os encierren, que os obliguen a someteros. Podréis dedicaros a vuestros retoños, claro que sí, pero a nada más, y harán lo posible por ir rebajando vuestra dignidad hasta que ya no recordéis que la habíais tenido. No les decía nada, claro, no tenía fuerzas. Con redactar informes, rellenar formularios, recoger la ropa tendida cuando el sol ya caía y me entristecía su tacto frío, pensar todos los días en qué comeríamos, ir a la compra, hacer cuentas y más cuentas para que cuadraran, decir chorradas sin sentido en los trabajos de la universidad que escribía muerta de sueño cuando el niño ya dormía, llevarlo a parques los fines de semana, con el aburrimiento infinito de los parques, sin nadie con quien hablar, tenía más que de sobra.

El niño te echaba de menos. Aunque no pasaras mucho tiempo con él por el ritmo frenético que llevabas cuando estabas bien, lo cierto es que los tres éramos una familia. Me carcomía la culpa también por eso: había traído al mundo a un niño al que estaba condenando, por mis propias ansias de libertad, a crecer sin nadie. Ni padre, ni abuelos, ni parientes de ningún tipo. Solo te habíamos tenido a ti. Yo no quería pertenecer a ninguna tribu, pero los niños necesitan más compañía, más referentes que una madre. Me acordaba de la mía diciendo que no hay que hacer *rmuncar*, que causar dolor a inocentes era uno de los pecados más graves. Y yo había hecho *rmuncar* teniendo un hijo de ese modo irresponsable, sin asegurarme antes de escogerle un buen padre, sin tener las condiciones necesarias para criarlo como es debido. Sabes que esa ha sido una de mis heridas más profundas. A menudo me recordabas que no todo está en nuestras manos, que lo de tener hijos es algo que nos pasa como seres humanos, no algo que hacemos, que no hay madres perfectas porque no hay vidas perfectas y que la felicidad de nuestros hijos depende de muchas cosas. Claro, que eso lo decías cuando aún eras la mujer centrada y pragmática que había conocido en el barrio. Luego el distanciamiento irreversible con tu propia hija también te pasó factura. Más de lo que expresaste. Mi hijo decía que quería familia, que sus amigos iban a casa de los abuelos los fines de semana. Yo, con mis decisiones, lo había privado de algo tan esencial. Cuando nos encontrábamos con alguien conocido siempre les preguntaba si querían venir a casa. Mi soledad era también la suya.

Dejé de comer. Esta vez no porque quisiera adelgazar. Se me cerró el estómago, no notaba ni los olores ni los sabores. Mi cuerpo no parecía más que un vehículo que me servía para transportarme de un lugar a otro: del trabajo a la escuela, de la escuela a casa, del comedor a la cama. Sin el niño no habría tenido motivos para seguir adelante.

Un día me vi. Casi nunca me miraba en el espejo, pero por casualidad tropecé con la imagen de una mujer de pómulos huesudos y pelo enmarañado, con una tristeza en el fondo de los ojos parecida a la que había detectado en los tuyos ese primer día en las tres torres. Fue eso. Más que la delgadez extrema, más que el malestar y la falta de ganas de vivir, descubrir el rastro de tu tristeza en mi propio reflejo me empujó a tomar una decisión.

Llamé al hospital en el que había estado ingresada para ver si el psiquiatra que me había atendido seguía trabajando allí. Me dijeron que no, pero que tenía una consulta privada. Llamé y pedí hora.

Se alegraba de volver a verme, dijo. Yo sentí que lo había decepcionado, que había vuelto a caer en el pozo de entonces. No he sido valiente, no he sido fuerte, no he podido. Volvieron los recuerdos de cuando vivía con mis padres, de aquel verano infernal, de los gritos y los techos bajos. Me di cuenta de que, aunque hubiera huido de allí y hubiera roto con todo, aunque fuera escritora, estudiante, trabajadora, madre, aunque hubiera superado tantas dificultades, en realidad seguía atrapada en mi litera de color rojo a dos palmos del techo.

Empecé a hablar sin parar, ese día y todos los que vinieron. De ti y de mi madre, de mi padre, de nuestra expulsión, de lo injusto que era todo, de la frustración de no poder cambiar las cosas, de que nadie nos comprendiera, de que nadie entendiera nuestra herida. Hablé de los hombres y de sexo, del amor que no existía, le aseguro que no existe, y del deseo y del cuerpo como problema. De que cuando no conseguía contar lo que me pasaba aparecían todos los antiguos demonios y se apoderaban de mi carne y la convertían, otra vez, en un amasijo de hilos entrecruzados que pertenecían a todo el mundo menos a mí. De que no había hecho nada para salvarte.

¿Por qué no te había salvado? Cuando empecé a contarle tu historia, el modo en que te habías comportado en los últimos tiempos, desde que habíamos llegado a Barcelona y habías empezado a liarte con desconocidos arriesgando la vida, cuando dije en voz alta lo que habías estado haciendo me di cuenta:

aquello no era libertad ni nada que se le pareciera, todo lo contrario, era un modo de castigarte por el fracaso de tus dos matrimonios: el primero tradicional, con un hombre que te había escogido tu madre. El segundo por amor, un amor de película que luego, en la práctica, se demostró una farsa. Yo siempre te daba la lata con mis inseguridades, mis neuras, te hablaba sin parar y no me di cuenta de que el hecho de que tú no expresaras tu dolor no significaba que tus heridas fueran menos profundas. Trabajar sin descanso para no tener ni un minuto libre para pensar, agotarte en el gimnasio, pedirles a tus amantes que te azotaran y te mordieran hasta dejarte marcada por todas partes, darte atracones que rompían los límites de tu cuerpo, exponerte, no ser más que sexo sobre tus plataformas, restricciones dietéticas y tratamientos estéticos dolorosos, todo eso, absolutamente todo formaba parte de lo mismo: la herida que supuraba, una herida ancestral y profunda que sigue abierta para muchas. ¿Por qué no lo vi? ¿Por qué me creí el cuento de que hacernos daño a nosotras mismas era libertad? Que la libertad era elegir aunque eligiéramos el sometimiento y el maltrato de siempre. Nos liberamos de muchas opresiones pero no supimos deshacernos del masoquismo que a nuestras madres les había servido para sobrevivir. A ti te mató, ahora lo sé. El dolor, aunque fuera controlado, no resultó sanador a pesar de que lo defendieran teóricas de lo más modernas. A ti te provocó la confusión que te llevó a la muerte, ahora lo veo claro. No dejo de pensar que si me hubiera dado cuenta de esto entonces tal vez hubiera podido salvarte. Pudimos agarrarnos la una a la otra, ese fue nuestro único consuelo, pero nuestra amistad no bastó, no fue suficiente para aguantar tantas embestidas. Y venimos arrastrando la herida desde hace siglos.

Al psiquiatra le conté que quería volver a ser niña, dejar todos los problemas atrás, que echaba de menos a mi madre y que quería que me cuidara como cuidan las madres, quería que viera crecer a su nieto, celebrar cumpleaños y fiestas, saber que, si me caía, habría alguien que me sostendría, que sostendría a mi hijo.

Le hablé de ti, pero por mucho que lo hiciera no conseguía desprenderme de la culpa. No solo no había atendido tu dolor, es que creía que te había empujado a algo que no pudiste soportar, me había aprovechado de ti. Primero de tu entusiasmo jovial, de tu pragmatismo y tu capacidad de decisión. Luego de tu compañía leal. ¿Qué había hecho yo por ti? Nada, absolutamente nada. ¿Por qué seguía yo viva? ¿Por qué merecía vivir mientras que tú te habías quedado tendida sobre el asfalto para siempre?

El psiquiatra me sugirió que te escribiera, que te mandara una carta. Y eso hice.

Al final creo que voy comprendiéndolo todo, voy poniendo orden, y dejarlo todo escrito aquí ha aliviado mi rabia, mi tristeza, mi sensación de impotencia. Nada de lo que cuento sirve para cambiar el pasado, pero sí para que quede constancia de lo ocurrido. La verdad profunda de nuestra historia era mucho más simple de lo que imaginábamos. No tenía que ver con el choque de culturas, con la integración, ni con estar entre dos mundos ni ninguna de las cosas que nos han ocupado tanto tiempo. Lo único que queríamos era ser amadas. Tal como éramos, sin más. Sin tener que recortarnos ni adaptarnos ni someternos. Ni tapadas ni hambrientas ni perforadas por mil agujas ni embadurnadas de cremas ni embutidas en telas. Solo con nuestros cuerpos, que somos nosotras, con nuestro carácter, que también somos nosotras, con nuestros pensamientos y nuestras emociones y nuestras heridas, las cicatrizadas y las abiertas. Nada más.